中国青年出版社

睡前静思

张肇达 著

2011

2016

序言

生命，是一段壮美的旅程。或悲壮，或雄壮，或辽阔，或寂寥……存乎一心。在波澜壮阔曲折离奇运舛匪夷之余，却终将化为拈花一笑。

于我而言，平生似乎一波三折却又潮涌不间。

十六岁那年，我经历大难，便立下誓言，上天留我，我绝不虚度此生。三十余年来，服装设计始终充盈着我的人生步履。同时，又如初生婴儿望眼世界般，好奇地穿梭于雕塑、油画、水墨、书法、摄影等领域。我希望通过一件件作品表达当下对宇宙与生命的感知，也希望这些作品能够带给观者以静谧、壮阔、和美，乃至神圣，释放内心自由的灵魂。

人生有大美，自然以法知。形境、意境、象境不如人生之修境，美是用心去体悟的，胸中容纳着历史沧桑、世间风云、人生波澜，才能自成风范与格局。如今，我每年都沉浸于古寺禅坐与茅棚苦修，剩余大多枯坐陋室。或阅读，或打坐，或品茗，或设计，或书法，或绘画……简朴、审慎和自足地存在，愈加素然与宁静。

就如脱胎之初，我无从判断与选择高低贵贱。而今，世间修行尤让我凝视到每个生命的独特性。得之不喜，失之不忧，宠辱不惊，去留无意。如果可能，我愿意做古人，潜心拜读，静心研悟，走进圣贤们的世界。我认为理性的人不可缺少三样东西，即信仰、希望和良知。我们敬仰冥冥之中那些未知的力量，更相信后天的修炼会让人日臻完美。我期许自己：平凡地努力，自然地呈现，以无为之心追梦而度过奇妙的一生。

五年多来，我睡前静思，将自己当日身心灵的感悟通过“松舍主人”的微博表达出来，每日一条，未曾懈怠，已成我的生活习惯。仰赖中国青年出版社和团队同仁的努力，如今得以结集出版。这些微博可以看成是我心路历程的真实记录，尚祈同道同友同好指教。

是为序。

2016年11月18日

目次

000

001

二〇一一年

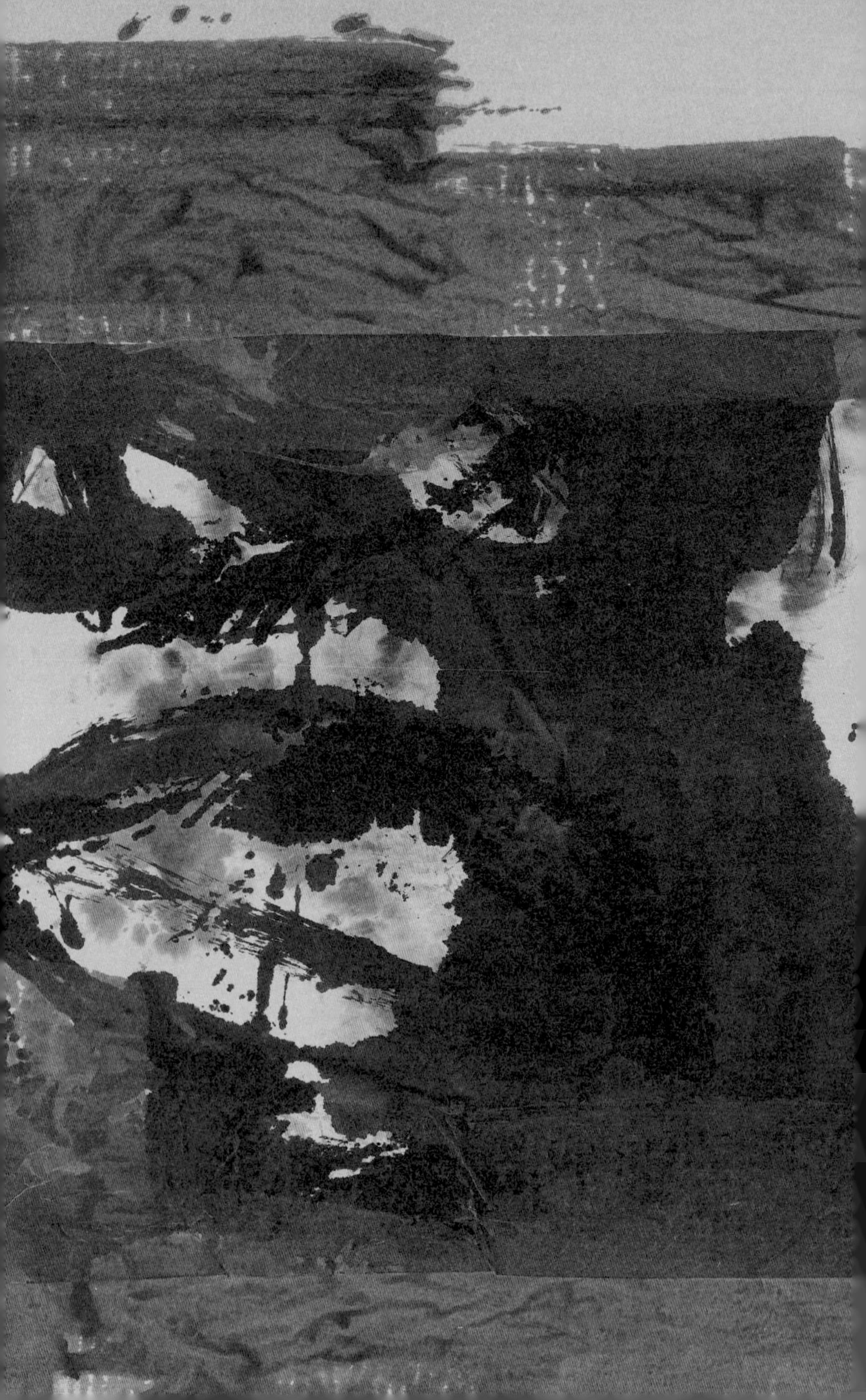

8 月

08.10 00:48 ： 追求低调的牛 B。

08.11 03:10 ： 美德，具体工作是吃亏后不说，“嗯”下去。

08.12 19:28 ： 所谓成熟，只是学会了伪装。

08.13 01:48 ： 任何事情，在无法取舍时看一看自己的良心。

08.14 00:44 ： 甘于平凡的人往往不平凡。刻意表现自己不平凡的人，恰正宣扬自己的平凡。

08.15 00:07 ： 大恶，往往在善的名义下得逞。

08.16 04:15 ： 人要有自由，但不可放纵。

08.17 06:35 ： 急欲申明清白，往往是因为并不清白。

08.18 02:14 ： 在灯光下，谈的是爱，为的是性。在阳光下，谈的是情，为的是钱。

08.19 02:09 ： 所谓的鬼神，帮助你的是神，伤害你的是鬼。

08.20 23:13 ： 对一切冤与恶的存在，最好回应唯有沉默。

08.21 03:30 ： 水往低处流，其实也是不断地沉沦堕落。

08.22 03:23 ： 宽恕是一种遗忘。

08.23 10:56 ： 愈是思慕，愈是失落。

08.24 02:25 ： 爱得越深，爱得越堕落。

08.25 03:37 ： 是天意，坦然接受；是人为，引以为戒。

08.26 00:48 ： 今天，是昨日所有记忆的重生。

08.27 00:34 ： 生命是一场无助的挣扎。

08.28 02:04 ： 自恋是绝对的安全。

08.29 02:50 ： 尊严的维持是对自己的宠爱。

08.30 02:00 ： 人对金钱都喜欢，但获得财富需维持尊严。

08.31 00:59 ： 不误陷情欲，即使误陷也能很快恢复身心与德行。

9

月

09.01 04:28 ： 不去追求幻觉的情欲和情爱，热爱自己是终生浪漫的开端。

09.02 03:43 ： 不需他人完美无缺，只要对方的缺点不妨碍自己。

09.03 03:26 ： 明知虚荣的情爱是毒药，但它的芬芳实在令人陶醉。

09.04 03:26 ： 求有钱并不贪钱。

09.05 01:43 ： 情爱滋养心灵，可救赎灵魂。

09.06 01:26 ： 很多人都习惯把自以为具备的美德，作为衡量他人错误的唯一标准。

09.07 11:37 ： 所谓成功人士，就是在世俗约定下用最短的时间，实现了欲望。

09.08 01:42 ： 很多女人都想丈夫发财，心想事成后，丈夫往往不再是自己的丈夫了。

09.09 02:17 ： 把纯洁的心深埋，无法掏出。

09.10 02:14 ： 单恋是最高尚最富道德情操的一种爱恋形式。

09.11 01:49 ： 爱恋的最大不幸，可能是与一个长得像人的畜生谈恋爱。

09.12 02:45 ： 单相思是无所不能的，是超越善恶的爱恋。

09.13 02:35 ： 用一个傻 B 的办法去表现牛 B，结果一定是傻 B 中的傻 B。

09.14 03:03 ： 傻 B 坚持到最后一定是牛 B。

09.15 01:55 ： 不能在欲望中告别，也要于堕落后重生。

09.16 00:47 ： 心已枯死在对真爱追求的狂热执着中。

09.17 02:26 ： 可干自己喜爱的事业，可做自己喜欢的工作，可与喜欢的人吃饭，可与深爱的人睡觉，是真正富有的最高体现。

09.18 01:22 ： 不再去征服不应该征服的人，也不去动用所有自己甚至别人的资源来证明自己不行。

09.19 03:42 ： 有财富但还是觉得空虚，此刻已经穷得只剩下钱，这是贫穷的最高境界。

09.20 02:29 ： 不应在真实与虚伪之间往复，在信与不信之间来回。

09.21 02:16 ： 上一刻沉浸于出魄的狂喜，下一刻即被冷漠刺醒。

09.22 00:08 ： “让我们从头来过。”——既然已经是我们，何必又从头开始呢？

09.24 01:59 ： 发现对方和另一个人在一起，仍以为自己那默默守护的态度才是最伟大的爱。这也许是最傻 B 的文艺青年。

09.25 23:43 ：“对不起，请原谅我！”——明知是对不起，为何还迫人原谅，那不是更对不起了吗？

09.26 02:35 ：哭着说出来的东西也可能是伪造的故事。

09.27 03:22 ：谎言肯定是原创者期待的欲望。

09.28 03:05 ：苏格拉底说，求爱的人比被爱的更加神圣，因为神在求爱的人那一边，而非在被爱者那头。但我认为，被爱永远是幸福的。

09.29 02:19 ：财富的三个阶段：心中没有手中有，心中有而手中没有，最高阶段就是 ——心中手中都没有。

09.30 02:19 ：心软，认为世上一切皆有情 ——唯心主义。心硬，认为世上一切皆无情 ——唯物主义。唯心的，为心灵而活。唯物的，为历史而战。

10
月

10.01 01:42 ： 人有很多梦想，可能实现的是理想。用智慧去实现理想，需要意志力和健康身体。

10.02 18:38 ： 命源于天地，人各有命，天生注定。运源于灵魂，人各有运，无时不变。

10.06 22:58 ： 命有吉凶祸福，源于天，故人命关天。运有盛衰兴亡，源于人，故国运当头。

10.07 11:07 ： 人应预知国运而顺势为之。

10.08 03:48 ： 人为生存而活，奔波于柴米油盐，向往名利和情欲。人去实现自我价值，徘徊于仁义道德，神往永生和圣灵。

10.09 03:12 ： 生命坐标，纵线是传承，横线是发展。传承先代意识和修行是生命的意义，在交流中启迪、在碰撞中丰富是生命的价值。

10.10 02:51 ： 三十五岁之前应去追逐和享受人世间可以享受的文明成果。体验过人生奢华后，才去崇尚简朴的生活，用那些美好回忆来滋养你日渐安静的身心。

10.11 03:04 ： 世俗的游戏是一个有趣的循环。从道德开始，当它碰到权势，道德就崩塌。当权势碰到金钱，权势就瓦解。如果金钱遇见智慧，容易被智慧降服。当智慧碰到情感，智慧就容易迷失。最后当感情回头碰到道德，又成一个永恒的对立。

10.12 01:22 ： 事物发展的基本形式：波浪式前进，螺旋式上升。

10.13 01:47 ： 所有去获取利益的行动一定会遇到围攻和堵截。

10.14 23:40 ： 精神对应视觉，灵魂对应听觉，生命对应呼吸，身体对应食饮，情爱对应性欲，功名对应世俗约定。

10.15 00:33 ： 信仰，抬头望天为仰，闭目自省为信。

10.16 02:12 ： 思想，白天为思，晚上为想。日思夜想，思即思当下，想则想未来。心情好想未来，境遇差就会思当下。

10.17 03:14 ： 恐惧，主要是对面前的事物或景象看不清楚。

10.18 01:34 ： 天天在讲诚信的人，可能本身就不诚实。

10.19 03:28 ： 要明白欲望与必需的差异。

10.20 03:32 ： 无所有并不是抛弃所有。

10.21 03:05 ： 只过自己的人生时，生命也就变得纯粹。

10.22 04:30 ： 常常不是因为没说出口而后悔，反倒是说出口后才感到更加后悔。

10.23 03:04 ： 生活清贫，却能感受到纯真、喜悦和富有。

10.24 04:03 ： 不执着于眼前的事情，尽人事，听天命。

10.27 22:11 ： 不要拒绝与他人分享，因为我们谁都无法预见未来。

10.28 02:52 ： 任何艰辛或愉快都不会永恒。

10.29 01:33 ： 喜悦与愤怒，快乐与悲伤，都不过是暂时的情绪。

10.30 03:50 ： 神圣的沉默，使身心内外和谐一体。

11

月

11.02 03:45 ： 过往的经历痛苦得令人难以承受，再回首，才会明白，当时发生的事自有其意义。

11.03 13:46 ： 话多者，其思想未经深思，故缺少内涵与分量。人，要有沉默的美德。

11.04 03:57 ： 全神贯注的听，习惯的沉默，是某种了悟自我的神秘时刻。人不能独自沉思，不能冷静反省，就无法把握人生的旋律，生命也将失去活力。

11.05 11:39 ： 外表光鲜亮丽，内在却依然贫困空虚。

11.06 03:51 ： 恐惧未来而彻夜难眠的人，已预支了未来。其实，没有过去，也没有未来，只有不断相续的现在。

11.07 03:59 ： 赌徒一般都是被欲望驱使而失去理智的聪明人。

11.08 03:07 ： 扮演上帝可能是很好玩的实验，去看恋人的反复就像上帝看着人类在悲欣之间辗转摆荡一样。

11.09 13:27 ： 文化与文明，文是知识，化是变化，明是开明。文化是灵魂的文明，文明是肉体之文化。肉体发明文明，灵魂发现文化。文明为阳，文化为阴，只有在文化中才可产生新事物。文明创建物质世界，文化构建精神世界。

11.10 01:48 ： 用形与色表达意识是美术，用声和音表达意识是音乐，用香与味表达意识是厨艺，用形色声表达意识是戏剧和影视。五官共同表达意识是性爱，性高潮，双目呆滞或紧闭时视觉全无，呢喃呻吟或喘息尖叫时听觉嗅觉味觉全无，全身僵硬肌肉战栗时触觉全无，性爱其实是艺术的最高境界。故，人都爱艺术并迷恋性。

11.11 01:58 ： 和谐，和指阴阳能量各半，谐指阴阳平衡时粒子变成波发其音。和谐使物质变成意识，此时视觉为美，听觉为谐，嗅觉为香，味觉为甜，触觉为乐，直觉为幸福。“真”为真理，是理性渴求，为阳；“善”即为爱，是感性化身，为阴；“美”是真和善的和谐状态，是阴阳平衡的结果，故中华文明以“美”为终极目标。

11.12 01:32 ： 人类是性的动物。在所有的动物中，只有人类如此沉迷于性行为，人可以一年四季发生别的动物只在发情期才能有的性行为。爱是动物性进化的最高成就，爱使人类拥有了婚姻与家庭，爱是儿童成人的标志，爱能助所有人成长为大人。

11.13 03:01 ： 觉悟，对外为看，有所得为见，再进一步是知，最后是识。对内为观，有所得为察，再进一步是觉，最后是得。耳，对外为听，对内为闻，觉为心眼之所见，悟是为内耳之闻。

11.14 06:54 ： 什么是真与假？什么是快乐与痛苦？当不停问这些问题时，问题越具体，答案越模糊。

11.15 00:58 ： 在世间奔走求生时，村口的山总是看着我，当我去观望那山时，内心已变得幽静清闲了。

11.16 00:59 ： 我们四处寻求妙计高招，礼拜高人仙神，期盼超自然力，来解决自己的沮丧、沦落、痛恨，以及性的困扰。然而我们失望地发现，没有什么人或神奇的法术可以依靠，反而必须靠着自己的努力来对付自身的痛苦。我们也不得不放弃所有期望和痴心妄想。

11.17 00:29 ： 没有永恒的白昼，也没有永恒的黑夜，日渐斜则夜来，夜渐深则日近。活着的时候应全心全意忠于生命。

11.18 00:28 ： 野心和宏愿在一连串的失望中放弃了。

11.19 05:24 ： 人生就这样渐渐被时间锈蚀了。

11.20 02:09 ： 寻求任何一种福乐或梦想的实现，都必将遭受对等的失败和沮丧。

11.21 04:05 ： 奋斗与烦恼一样，是没完没了的，我们经历着持续的奋斗，也就伴随了无法逃避的烦恼。

11.22 02:32 ： 完全放弃寻求，不力图有所发现，不力图证明自己有何成就。面对现实，体验当下。

11.23 01:33 ： 修身养性，对身体的斧正是修，对心灵的斧正是养。道家重在对身体的修，佛家重在对心灵的养。如何修产生了道家功夫，如何养导出了佛家智慧。

11.24 04:45 ： 多神崇拜产生巫术，巫术需要绝对相信，即为迷信；一神独一产生宗教，宗教需要相对相信，即为信仰；宗教的产生是将神赋予人形并理想化的过程。因此，传承的信仰是宗教的神圣，传承的迷信是宗教的局限。

11.25 02:34 ： 人本主义产生科学，科学需要绝对理智；自然主义产生生命学，生命学需要相对理智。科学讲理性，生命学求悟性。

11.26 03:32 ： 世上没有人真能绝对改变你的个性，没有人能令你脱胎换骨。人要如实接受自己，放弃理想中的自己，放弃自欺，认清和接受自己的个性和整体，切记，佛说："诸受皆苦。"

11.27 10:57 ： 信任自己，相信自己，用心去观察周围和自己；面对现实，面对事实，平静去处理和解决。

11.28 01:57 ： 为了存活并且维护着优雅，维护着一丝傲慢。可选择自信地、无咎地、有尊严地、优雅高尚地生活，同时与良善共处相和。

11.29 04:03 ： 当你获得丰富知识后，要培养端正。由于你的端正与优雅，你开始谦虚与谦卑。因为你谦卑，你开始具有观察力和思辨能力，知道如何分辨事物与取舍。

11.30 04:26 ： 东方，有觉醒的晨曦。西方，有开悟的晚霞。

12 月

12.01 08:38 ： 别在小钱上聪明绝顶，在大钱上一塌糊涂。

12.02 10:33 ： 在生命中要发现“绝望之力”。绝望之力底下压着无限的智慧和无所畏惧的意志。

12.03 03:23 ： 菩萨，菩提萨埵。菩提，向上求佛法；萨埵，向下度众生。当下的我们，在全球视野下，应向外求进步文明，向内求信仰皈依。

12.04 01:40 ： 觉醒，是消除睡眠的结果。消除了睡眠就是觉醒，而不是先要停止睡眠，然后才开始觉醒。

12.05 04:19 ： 当明白了贫困原因后，仍无动于衷。这可能是物质与精神都穷到极致。

12.06 01:23 ： 富有的关键是自身的优势，切记。创意的诀窍是逆向思维和超常识作为。

12.07 00:22 ： 所谓朋友、知己，其实就是身体上求温暖性和安全性，思想上求认同感和归属感。

12.08 00:27 ： 一般情况下的朋友，帮助开始，借钱结束。所谓兄弟，彼此出卖专用。

12.09 01:31 ： 糟糕的资讯与懒惰的性情被代代相传到我们这里，我们就是它们的产物。

12.10 02:30 ： 欺骗，是在恶意透支你的财富。自欺，在延续自我、保全自我的结构上，高喊着失去其梦想成就的无我境界。修行不能是一种形式上的牺牲，也不是自欺式的自我安慰和解释。

12.11 02:01 ： 只要有不连续感与不安存在，痛苦就无可避免。

12.12 04:06 ： 讲究衣着是十分愚蠢的事，但对于女人来说，不讲究衣着更加愚蠢。

12.13 03:35 ： 登山，百分之八十的事故发生在下山路上。人生出现跌宕起伏不糟糕，若在下山路上出现错误，局面才会变得糟糕。

12.14 02:25 ： 享受自由与更多地挣钱成正比。同时，为了获得独立，生活简朴节俭是必不可少的条件。节俭无需勇气和美德，只需像普通人一样。

12.15 02:52 ： 人要完整、亲自、真诚地处在当下，理智、理性、安静地思考未来。然而，私欲横流，内心深处浊气弥漫，无论何时何地，无论当下，无论未来，后果都不堪设想。

12.16 02:40 ： 在沉默思考中更深入更透彻地了解事物本质，穿越表面，摒弃情绪，直指核心。

12.17 02:38 ： 在与他人交流中学会独立。

12.18 00:29 ： 想象一个男人生来就少了一颗心，想象一个女人生来就有机心。

12.19 02:20 ： 失望是十分重要的，它可以是成就的一种表征。

12.20 01:26 ： 2012 年，我将遵循普世价值观，崇尚儒释道，继续做一位物质主义的佛教徒。康德的道德法则已注入我的血液，在危难时刻立刻激活，奉行严肃而受人尊重的理性利己主义去面对和处理日常生活与事务。

12.21 01:03 ： 德盛者，心平气和，见人皆可取。德薄者，心存刻傲，见人皆可憎。人应拥有清澈透明的心，彼此相通。喜时，言多失信；怒时，言多失体。人应在沉默中彰显自我。

12.22 01:09 ： 人来世上，只有两件事：求生和谋生。无论是以满足自己欲望为动力还是以牺牲资源、环境和生命为代价，都要每分每秒地活着，亦是每时每刻在走向死亡。我们的每一个动作，都是出生、痛苦与死亡的人生过程的一项表白。活着，就是此时此刻存在于此地。无论善恶，亦是如此。

12.23 07:20 ： 孤独意味着自由，因为自由，会使人脱胎换骨。孤独行走，心会变得纯净清澈，感受到生命的精彩，独处陌生环境，能找到真正的自我和看清真实的自我。

12.24 07:20 ： 天堂的诱惑，地狱的恐吓，相信我，带你去；想得像天使，说得像神，干得像禽兽，你去吧。深深铭记，佛说："若菩萨有我相，人相，众生相，寿者相，即非菩萨。"

12.25 01:16 ： 破执，摆脱所有束缚。然而，我们像康德一样对在我之上的星空和居我心中的道德法则进行不断思索。前者使我倍感渺小和无助，后者则给我尊严和自信。仰望星空，在静默中觉悟，让生命独立于动物性和感性世界。

12.26 06:36 ： 故意造成的贫苦与带着尊贵的心去培养谦卑，清心寡欲，在空荡和寂静中，审视自我的本来面目，求痛苦的相对解脱。自单纯与简朴中，享受生活的纯真和喜悦。

12.27 02:51 ： 在静默中找到了沙漠里的甘泉，人兽丛林中的桃花源，在感恩其间有永恒的亲情，也有永世的友情。

12.28 02:54 ： 简单的生命意志的肯定，是对自己身体的肯定至性冲动的满足。性满足在使种族繁衍的同时，也使痛苦得以诞生和延续，爱情为性满足疲于奔命地装饰和包装。

12.29 02:01 ： 利己主义是无限制的，完全达到目的是不可能的。因为不可能，必然生失望感，有失望感，就生痛苦感。不断地无限制利己就产生不断的痛苦。所以，利己主义一定是在严肃的、理性的、是否得到众人尊敬的限制下才可行。

12.30 01:32 ： 快乐程度与达到目标的难易程度成正比。

12.31 01:53 ： 生命充满生机，生活充满喜悦。以积极细心的态度去欣赏生活中的每一刻，把握生命里的每一秒。消极的虚无主义是弱者的胜利。

2006 年，书法创作中

028

029

二〇一二年

1 月

01.01 00:16 ： 对享受好的东西毫不做作，也不渴求，要毫不矫饰地庄严，绝不装 B，也不傻 B。

01.02 01:35 ： 世界之美，亲情之纯，友情之真。我喜欢生活在这充满生老病死的现象世界。不求圆满，拥抱命运；不为沧桑，热爱生命。

01.03 00:54 ： 闲暇，即自由的、摆脱世界上紧要之事束缚的时间。闲暇使一种与世界之间的自由、摆脱这些紧要之事的关系成为可能。

01.04 01:14 ： 许多圣哲与宗教认为世界二重化。一面是生活中的现象世界，一面是在现象世界外之上之后的本质世界。现象世界存在时间空间中，变易、短暂、有限，甚至无意义。而本质世界存在于时间空间外，永恒、无限，也是人安身立命之所。佛教“真如门”可理解为本质世界,“生灭门”可看成现象世界。

01.05 00:44 ： 人对幸福有不同理解，也有不同标准。金盆银匙、锦衣玉食，未必幸福；粗衣布履、清茶淡饭，未必不幸。幸福是感觉，是人对以往痛苦的想象。

01.06 01:49 ： 修行之道是苦的，不断地剥除面具，一层又一层地剥开，甚至也包含着承受一而再地侮辱。完全证悟当然完满，不觉悟也总是一种提升，不觉醒也总是一种进步。

01.07 09:05 ： 道家讲道德，佛家讲因果，儒家讲仁义。道家有无转化，人世间的物质转化成意识，有空间，没时间；佛家以空设教，将人脑中的物质转化成意识，有时间，没空间；儒家开智心明，万物皆备于我，求空间，讲时间。

01.08 02:44 ： 人失望伤体，绝望伤心。理想生希望，爱情生渴望，欲望决定命运。爱生痛苦，痛苦孕育快乐，故所谓痛并快乐着。

01.09 01:56 ： 时间的引力与空间的重力使人平衡。人去索取的过程是重力增加的过程，所以人有压力；人去奉献的过程是引力增加的过程，所以人感觉轻松。简单说：人去“建功立业”就是去索取的过程；人修“菩萨道”就是去奉献的过程。

01.11 00:25 ：《吠陀经》，公元前16世纪的伟大吠陀经典，印度哲学智慧基本缘于此。佛祖创建的佛教代表了遵循这伟大经典九大流派之一（有被质疑的一派）。佛教精神启示大家：个体只有完全自由地控制自己的尘世欲望，才能获得精神启蒙。

01.11 00:55 ： 道家学说，希望政府最小限度地干预，统而不治，从而使社会走向与大自然和谐一致的自然状态。老子最后拒绝所有的人为社会差异，离开文明世界，不知所终。以个体生命完成了一次无限牛B的行为艺术。

01.11 01:00 ： 儒教强调传统社会角色和结构的价值，认为规则制定者需要在观点中扶植自然道德感。所以，儒家讲仁义。

01.11 01:12 ： 墨家崇尚去建立一个基于互相支撑帮助的民间政治社团。思想与儒家一样，认为必须要允许挖掘和繁盛人民本身固有的道德优点。

01.11 01:31 ： 法家强调严苛法律的必要性，确保在一些本质上不道德的民众行为被控制在道德范畴中。

01.11 03:37 ： 罗素说：“战争并不能决定谁是正确的，而是看谁能活下来。”同样，性交易并不能证明谁是妓谁是客，而是看谁收了钱。

01.12 01:14 ： “无限感恩您救了我一命！”——其实你不是也不可能救了他一命，每人只有一条命，谁也救不了，因为他的生命终究会终结，你只是延迟了他的死亡期而已。

01.13 05:34 ： 一个理性的人不可缺少的三样东西：信仰、希望和良知。

01.14 03:26 ： 虎死于皮，鹿死于角，好马总是跑死，好战一定战死沙场，红颜多是薄命。当遭遇挫折，要换角度看问题，塞翁失马，焉知非福，不幸可能会是另一种幸运。开悟，人的精神性可以自由离开肉身，静观和俯视自己与尘世。

01.15 01:02 ： 智慧在于激活灵魂，博学用知识充实头脑。

01.16 12:35 ： 智慧的人好像站在神的地位上来看自己和

人类，看到了人的局限性和生命最终走向死亡的必然性，知道凡有人身都成不了神。

01.17 01:26 ： 无论如何还原，我们不可能再现圣贤们的生活环境；无论如何向往，我们不可能重返圣贤们的生活时代。只有用最纯朴的本质，潜心拜读、静心研悟，才得以走进圣贤们的精神世界，在他们的思想中得到补给，启蒙。这样，无论人生境遇如何，都不会腐朽。

01.18 01:09 ： 帕斯卡尔：甜言蜜语的人，人品不佳。

01.19 04:48 ： 世俗的所有问题都是肉体的问题。

01.19 13:33 ： 灵魂的觉醒，是对虚假生活突然有了敏锐的觉察和强烈的排斥。

01.20 00:26 ： 当代社会，凡适合被出售的（包括灵魂与肉体）都得到发展。

01.21 00:21 ： 所有的契约都是抽象和不现实的，它是相互冷淡的个人在无知之幕背后的选择，是在对未来完全无知的假定。

01.22 00:33 ： 绝望之力挫折而不衰，信仰之念勃发而不竭。凝聚在血脉当中的矛盾和乖张、坚忍和执着正是游离于所谓学识之外，最为重要的人文素质和道德信仰。

01.22 19:40 ： 一次又一次地游走在磨难与巅峰之间，挣扎的呐喊，无情的碰撞，外表坚强的形象有着不为人知的伤痕。然而，固守自己的追求，放下了怨恨与情仇，对智慧的顶礼和对艺术的膜拜让我走向乐空无别的境地。

01.23 23:12 ： 音乐能使人们在互相尊重和分享快乐中彼此团结。

01.25 02:19 ： 高贵背后是孤寂和静谧。

01.25 15:19 ： 凡俗的人文精神具侵略性。

01.26 00:12 ： 过年，是华人普遍的信仰。无论贫穷或富裕，无论身在何处，一到过年，对家乡和亲人就心驰神往，回家过年，守护过年情怀，就是恪守着一种希望，恪守着内心深处的信仰。

01.27 01:47 ： 作为文化艺术的热爱者，要避免出现追逐野蛮主义的行为和语言。

01.28 00:21 ： 精神上的伟大，必定坦诚。足够富有，即无须隐瞒自己的欠缺；足够自尊，就无须虚假来贬低自己。

01.29 00:52 ： 向上的路和向下的路是同一条路。

01.30 01:22 ： 接受型性格的人最大期望 ——不劳而获；剥削型性格的人最大愿望 ——一毛不拔。

01.30 01:23 ： 埃里希 · 弗洛姆：现代社会不能发展人的任何潜能，反而让人不是人。

01.31 00:17 ： 无聊的饶舌配上迷人的身体，无论男女，皆要躲避。

01.31 00:29 ： 嘲笑自己的失误是聪明人，嘲笑自己的成功是天才。

2
月

02.01 00:12 ： 据说所谓成功的大老板身边一定有两种动物（狐狸和狮子），因为狐狸能认出陷阱和诡计多端，狮子可对付群雄和震慑人心。

02.02 00:05 ： 体态魁梧、四处炫耀、外表风光、内心虚弱、充满恐惧 ——穷人；坚强的内心、坚定的信念、钢铁的意志、乐观的态度 ——富人。

02.03 01:04 ： 入世：生活既要活着，还要不断追求，当你开始时，必须具有目的性。让自己生活在紧迫感中，个人目标至少有一部分超出自己的能力范围。

02.04 02:06 ： 一般佛教徒的世界观 ——一切事物皆无常；人生观 ——沉思与苦行。

02.05 02:58 ： 随时准备迎合他人期望的态度已成为社会的主流。见风使舵，随机应变成了当代人的性格特征。

02.06 01:53 ： 假谦虚，骄傲。谈论谦卑是高傲者的骄傲素材。其实，人的伟大之所以伟大，就在于他知道自己是可悲和渺小的。

02.07 04:12 ： 占小便宜吃大亏，聪明人；吃小亏占大便宜，智慧的人。

02.08 02:52 ： 双赢，是掩藏着更大的利益受害者。

02.09 08:59 ： 为什么杀猪是应该的，而杀人是不应该的？

02.10 00:17 ： 俗世经常性烦恼的主要来源：家族的烦恼来源于在父母面前夸大了自己的成就；爱人的烦恼来源于向所爱的人过高显耀了自己的才华；朋友的烦恼来源于交往中夸大了自己的能力。

02.11 00:48 ： 以清明的心迎接当下瞬间。

02.12 00:42 ： 利益决定表情。

02.13 01:30 ： 中华民族的智慧精髓：一切皆不确定。中华文化的特征：一切皆模糊性。

02.14 01:00 ： 歌德说："光明生于黑暗。"伟大总是产生于恐惧和痛苦中。

02.14 23:38 ： 休谟说："道德，无非是人们所制定的一种契约，因而具有主观任意性，具有优良与恶劣或正确与错误之分。"达尔文说："极为离奇怪诞的风俗和迷信，尽管与人类的真正福利与幸福完全背道而驰，却变得比什么都强大有力地通行于全世界。"

02.16 00:25 ： 慈心，指无私地希望包括自己在内的一切众生快乐。

02.17 01:24 ： 我们不愿接受事物的无常性，就会导致沮丧和不安，这也是欲望的起因。

02.18 01:47 ： 觉醒后的智慧在煎熬中激荡，在时间的淬炼中愈加高贵和生动，舍弃世俗的谄媚后去追求精神的纯良。

02.19 02:32 ： 天才一定早死，因为只有早死才是天才；大师一定命长，因为只有命长才能成为大师。

02.20 03:27 ： 要远离急躁文化和焦虑情绪，与他人分享所能分享的一切，友善地关怀可以关怀的人，善待生命，珍惜生命，这样，生命会趋向成熟和富足。

02.21 03:03 ： 所有一切都是自己选择的结果，这就是自由。

02.22 07:40 ： 当今社会有很多人都完全变成西方人的形态了，但天天都在教人讲中国文化。

02.23 04:23 ： 掩卷遐思，怀着敬畏之心去寻找和体验伟大圣哲隐藏的无上智慧 ——咒语。

02.24 00:19 ： 马基雅维利：政治就是一场游戏，在这场游戏中无所谓善恶、对错，有的只是阴谋与野心，有的只是征服者和被征服者。

02.25 10:28 ： 纵观历史，凡崇尚自由，追求为己利他，都是好时代好地区，都是人类文明进步的时段和区域。

02.26 03:17 ： 人类所有的伟大创造，也许都可以追根溯源到弹指刹那间的一个心念。佛说：一切皆心造。

02.27 03:49 ： 在全球化的今天，资本的逻辑无情地把我们禁锢在竞争的轨道上，我们不自主地追求金钱和名利，离内心的自由越来越远，我们多了成功的秘诀，却少了快乐的智慧。

02.28 01:26 ： 时间都很安静，慢慢地走，默默地想，时光在这片刻的寂静中沉淀。

02.28 01:27 ： 一个民族的辉煌与衰落如潮汐涨落，沉淀的是这个民族共同拥有的思想和传统。

02.29 04:26 ： 内敛、忧郁的气质散发出坚忍；温敦、包容的个性体现了耐力。淡然着时代的冲突与矛盾，轻抚着人间的痛苦与忧伤，遗忘了磨难和荣光。聆听自然，面对自然，可有可无，一切去无心可为。

3
月

03.01 02:36 ： 一个人的求学之路，也是心灵成长之路。虽然任何事物都相互影响，但人最终是自我决定的。

03.02 01:01 ： 自己当下所站的位置即是有所为之处。此时，不单活着，而且需要对自己的前途做出判断，决定下一刻的自己。

03.03 00:39 ： 无我，意指无身心元素组成之真实与恒常的自我。无我，生命充满美妙；有我，生命充满惊奇。

03.04 01:16 ： 遵从“八正道”，遵守从善原则，控制欲望，有同情心且思想清明，这就是佛教徒修行的指标。

03.05 03:29 ： 接纳自身的一切，无惧徘徊在焦虑和厌倦这两极之间，用经历去赋予生命意涵。抱持感恩之心，品味生命本有的纯粹与美妙。

03.06 01:34 ： 过着一种静思型生活，做一位没有头衔的领导者，把荣耀归还我的业师和成就我的人。温情、安静与沉默，追求极高的平庸。

03.07 01:09 ： 我喜欢在静静的辰光下，去探望想看的朋友。

03.08 03:09 ： 人与流动江水无异，每个瞬间都在变动。倘若知道困境不可改变，不排除调整或改变自己的追求和理想。反正，变化才是永恒。

03.09 03:24 ： 日益发达的传媒改变了社会现实，传媒倾向性叙事后的现实社会被故事化，故事化的片面性现实又成日常生活的楷模。当今，有倾向的传媒影响着人们的生活。

03.10 01:53 ： 潜修，是灵魂的镜子，也是我们面对新的挑战和经营我们生活的灵感和智慧之源。

03.11 01:44 ： 没有了本性和自我，也就不再有各种精神与生理的需求。一旦意识到物质的自我是空幻的，去实现愿望的努力将消散殆尽。其实，无论是谁，无论何种状态，活着的意义，只要知道了是为谁而活的。

03.11 01:46 ： 灌顶，非常浪漫，把上师的法力移植自己。真正灌顶是“心心相印”，上师的道心与自己的道心合而为一。

03.12 08:52 ： 不论人生道路如何，能够发挥自身无与伦比的才华和能力，对事业充满了激情，就已经处在人生事业的巅峰时期。

03.13 04:01 ： 作画是生活与情绪最奢侈的放纵，在孤独寂寞中煎熬出艺术的纯粹，用无限的思念与渴慕提炼色彩的纯正，付出所有的欢笑与青春体会笔触的强韧。走过这些辰光，体会艺术的真实与神圣。

03.14 02:34 ： 艺术家，孤独寂寥、饥肠辘辘、遍尝辛酸，在艺术上专注与疯狂，忘却了现实的痛苦与委屈，才可能证明自己的价值与才情；祸福无常、颠沛流离、惊涛骇浪，在暧昧多蹇的命运嬉戏下，展现出生命的傲情与艺术的热情，看到了自己高贵的灵魂。

03.15 03:21 ： 求笃实的美学信念、诗情中的孤绝、思考上的纯粹，在温情感染中馥郁，漫过人生的无数坎坷，伫立在走向高峰的斜坡上。

03.16 01:26 ： 固执与骄傲、孤傲与镇定，在望云听雨中消失，我喜欢在斜风细雨里漫步。

03.16 01:49 ： 帝王不知换了几个，政权不知有过多少次轮替，江山也不知几度变易，佛学还是像磐石之固，云天不老！焚香、礼佛、诵经、禅定。

03.17 00:26 ： 地位、金钱与才能，都非常重要，但都不重要，只有对待生活的态度，才能界定人生的价值。

03.17 19:37 ： 人们不是生活在现在，而是生活在对未来的憧憬中。

03.18 01:09 ： 人生，一生劳碌，年轻没财力，中年没时间，老年没体力。其实，人是奇怪的动物，无论是谁，最终是依靠神话故事赋予的寓意去存活。

03.18 09:17 ： 春雪，勾引起无限的乡情、情思的寄托、生命的凝练、思乡的情怀。经历过命运的嬉戏而热爱命运，体味出苦涩的美感，明白了沧桑的美丽而珍惜生命。借由汗泪交织、悲欣交集、乐空无别，去谱写人世间无为的美妙诗篇。

03.19 00:08 ： 财富除了能满足人真正的、自然的需求以外，对于真正幸福没有多大的影响。平和地走路，悠闲地饮食，简单地生活，人我和谐，对心灵和身体怀着尊重之心，对生命和自然怀着感恩之心，也许，可以体悟幸福的真谛。

03.20 00:37 ： 社会精英应在内心的渴望与重建社会的愿望中，找到能帮助实现人生价值和历史使命的生命轨道。

03.20 01:14 ： 不把愤怒、热情、无知、恐惧、怨恨，或任何非正常神志带进人生旅途。我们要修习非暴力，心平气和，临事不乱，让觉知之光照耀，平和、安稳、温情、宽容地活着。

03.21 00:19 ： 现在，正从满足人需要的现代时代转到满足人愿望的审美时代，从消费符号到消费理念。

03.22 01:39 ： 在静悟中找到智慧，静悟蕴蓄着自在，自在包含着觉醒。智慧的生活就是非情绪化的理性生活。清晰地思考，引导着意愿，坚守真实目标。识别滥情的、虚妄的思想。合理地推论，避免缺乏根据的结论，避免过着道德混沌不清的生活。

03.23 00:15 ： 伤害我们的是我们对人和对事情的看法与态度。

03.24 00:27 ： 自信与谨慎——面对不可控制的事物要自信，对可控范围之内的事物要谨慎。

03.25 01:05 ： 善良、尊重、敬业、宽容、信任、诚实、乐观、分享……心灵的力量从每一个向善的当下开始积累。

03.25 23:44 ： 信仰利害关系理论，认为贫穷是寻求情谊的动因，将会更贫穷。情谊不是起因于物质利益，而是物质利益起因于情谊。切记，献媚的朋友比尖刻的恶人更坏。应记，和朋友绝交是一种不幸。学会以尊重的方式生活，以尊重之道行动，情谊会带来无限愉悦。

03.26 13:09 ： 人的基本面是痛苦和无聊，烦恼而无助。我们要坦然地生活在这充满不完美的现象世界。即使面对无可改变的厄运，也要找到生命的意义，去见证将厄运转化为成就的人类潜能之极致。

03.27 01:57 ： 西方造型艺术为了形状，牺牲神态；东方造型艺术为了神态，牺牲形状。西方审美观是表现永恒的形式，东方审美观是表现生动的气韵。

03.28 01:34 ： 以慈悲终结暴力，以智慧终结愚痴。

03.29 01:56 ： 我们每个人都将在某个时间遭受情绪困扰和悲伤。生活是不折不扣的痛苦，快乐都是短暂的，其本质是不满。

03.30 03:31 ： 一个人心灵的力量足够强大，一个群体心之所向的力量，可以摧毁最坚实的城堡，也可以构建最坚固的城墙，这就是精神的伟大。

03.31 02:29 ： 佛教中有两种涅槃，一种是在本生获得的，是一种哲学变化状态，悟者经历到充分的精神愉悦，没有担忧；后一种是在悟者死后才能达到的境界，是轮回及苦难的最终结局。

4
月

04.01 01:10 ： 精神病学家莱恩：有些人虽然被认为精神健全，但他们的头脑同样不正常，同样危险，差别只在于没有把他们送进疯人院。

04.02 01:04 ： 崇尚智慧的人会情不自禁地欣赏敌手的聪明，即使听到骂自己的俏皮话也宽怀一笑，因为能有一个势均力敌的对手也是种幸运。

04.03 01:45 ： 在童年记忆中漫步，在纯朴温情里游荡。

04.04 14:35 ： 怀着无限感恩之心，以无比的虔诚，我向我血脉家族中的历代先祖上香、鞠躬、跪拜、顶礼！我向这块土地上和有助这块土地的所有先祖上香、鞠躬、跪拜、顶礼！

04.05 01:10 ： 月夜在田野上悠悠自得地骑着白马，体验道家的无人无我无念无意的境界。

04.05 15:19 ： 从一个回廊转到另一个庭园，再进入一个祠堂。斑驳古墙，古楼钟声，仪式仪轨，人文轶事，乡亲乡音，在似真若幻的童年记忆时光里打转。族人聚餐，没有现代人的疏离感和一度空间感。

04.06 00:23 ： 不嗅尘烟，不着俗物，水飘云流，万物自得，飘逸，琴音。轻轻地悄悄地在寻觅圣贤的气息。

04.06 00:56 ： 宁静祥和的感觉，幽静绝尘，高山流水，对景思古，品茗抚琴，依稀体会到禅师的般若。

04.07 01:17 ： 在无限感恩和敬畏自然的情怀中度过每天每一时每一刻。这，是对生命最高的感谢。

04.08 00:20 ： 快乐存在于追求的过程中，并非终极的目标上。

04.09 01:06 ： 无论是多少次战役征服多少人，唯有能征服自己的人，才是伟大的胜利者。

04.10 03:23 ： 苦涩的美感，孤独的艺术。在风雨中漂泊，伟大的艺术成就于长年孤苦悲戚的生活。

04.11 02:13 ： 科学精神求真，艺术精神求美。

04.12 02:38 ： 一片静水，在宁静的背后呈不停地流动，经过了无数的狂风暴雨，冲过一个个劫数，继续等待，坦然面对未知。

04.13 02:19 ： 任何时代所特别关注的事物，都会在下一个时代里做出与之相对的反应。

04.14 04:07 ： 旅行，为了风景，为了审美，为了癖好，为了追求智慧，为了净化灵魂，为了崇拜，为了折磨自己的肉身，为了挽救他人，为了填充视觉感官，为了复归自然，乃至仅仅是为了旅行。人生，就是一次旅行。要按照自己的方式前进，不受任何人干涉，也不会效仿他人，自主在旅途，时时感受生命的精彩。

04.15 02:20 ： 一切是那样安静、凝定，蓦然听到梵音，从过去走来现在，还是从现在走去未来。

04.15 02:34 ： 佛教，是内心的宗教。大乘佛教是没有目的地的旅程，是一门没有哲学的哲学，需要相当的时间和非凡的才智来参悟与内省。

04.16 07:53 ： 如果你的梦想成真，那么说明你的梦想还不够伟大。

04.17 03:00 ： “道”是自发并非人为，是宿命论但又自由流动。它宣扬安详、静思、平静，甚至是寂静主义哲学。主张不为任何欲望而劳作，同时又无事不达，即无为而又无不为。

04.17 19:00 ： 在云淡风轻的晴天，在夕阳初斜的傍晚，从容地轻轻踱进佛殿，拥有了一刻开悟的精神。

04.18 02:11 ： 华灯阑珊，一个人在凄清冷落的街道上闲逛。

04.19 02:57 ： 人类希望在混沌中找到秩序，了解生命，期望有一个无形的神主理着人世间。希望通过祈祷、献祭、虔诚和慈善抚慰神灵，以得到少许的自我安慰。

04.19 14:19 ： 多少个王朝已经灰飞烟灭，长江还是长流不息，自远古流向无穷的未来。平凡的生活和不平凡的传统流传至今传向未来。

04.20 00:43 ： 我们常常对前人就当时的事件和事物提出的看法感到惊奇，后人肯定同样也会对我们现在的看法感到惊奇。

04.21 03:33 ： 中华智慧的两个基本因素，即阴和阳。阳为积极生动，阴为消极被动，它们永恒流动，互为依存，和谐与平衡。

04.22 00:16 ： 天地合一的基本概念就是：你是完整、亲自、真诚地处在当下，在天空下与大地同在。

04.23 02:54 ： 当下行事，要正念与喜悦，做得适切、力求完善，就算在糟糕透顶的情况下，仍然让生活优雅怡然。一切符合基本良善的想法，散发着祥和而无侵犯性的自信，将冲突或怨恨的心灵，转为真正的和平。

04.24 02:45 ： 智慧不是才能，是人生觉悟。人应热爱命运，有宽广的胸怀和高远的眼光；热爱生命，有虔诚的信仰和良好的学识。无畏成败，淡然人生。

04.25 00:41 ： 任何成功都需要知识，然而，沉思会领悟到美妙的幸福。若要圆满而有成就又得到尊严，道德则是必需。

04.25 23:44 ： 把目光从外在收回，丰富自己的内心，提高自己的人生境界。

04.27 02:11 ： 磨难永远与辉煌并存。

04.28 02:14 ：《谁受过教育》一书有这样一段话："世界上最短的科幻小说只有十一个字 ——那天早晨，太阳从西边升起。"——就结束了。

04.28 23:18 ： 做作的微笑配上震颤的乳沟，完全自以为是的动作，充满后现代卡通风情。

04.29 01:53 ： 自己作为客观主义的观察者，探索自己主观性的某些最隐秘区域，会是奇妙的自省。

04.30 02:56 ： 玄奇想象，浪漫遐思。其实，掩映在东方主义之下的，则是东西交汇、族域交融的过程中，种种政教文化的冲突与误解。

5 月

05.01 00:45 ： 伟大的信仰，依稀看到的是理想世界的光辉，以及因极端向往而做出的非同一般的自我牺牲。

05.01 00:53 ： 英雄，那些杰出的个体，他们的活动范围在人世间，而他们的作为给人类带来利益。英雄，像神一样做事但是会死的凡人。

05.02 00:09 ： 没有经典的文化是没有灵魂的文化，没有经典的人生是没有希望的人生。经典是人类智慧的结晶。

05.03 03:13 ： 现在许多热忱搞文化的人好像都没有文化，所以喜欢“打造”文化。

05.04 01:57 ： 关怀、善意、关心，或建议的给予，是无偿和最不昂贵的交换关系。施舍，是不可能得到回报的慷慨行为，因这些关系联系到一起的人都被不可逾越的经济或社会差距分开，所以产生关系的出发点更倾向于信仰、信任、感情与激情。

05.05 03:23 ： 在思想范畴内，如尼采所强调的，没有纯洁无瑕的观念。

05.06 01:58 ： 我们通常赋予智力冒险一种特殊的宽容，但唯有摆脱这些宽容，才使得怀着超越思想的某些局限性发现这些局限性，特别是以特权为原则的局限性。

05.06 14:10 ： 不要想象当事业成就时，有成群天使或处女在等着。

05.07 02:37 ： 完美是由无数不完美所形成，圆满的觉悟也是由无数不圆满的觉悟所构成。

05.08 02:31 ： 有为，应全力以赴；无为，要全心修行。

05.09 04:14 ： 爱情＋婚姻，很多时候很多人都是靠谎言来维持的。

05.10 06:24 ： 未得志，态度谦和；得志，有权势，嫌弃旧友而热衷于新交。然而，当面临危难，也许平生都没有任何可信托的朋友。

05.11 03:43 ： 佛教的再生轮回不是同一灵魂寄附于不同的躯体，而是代表同一生命力量的新的组合体的重组式再生。

05.12 05:50 ： 人索取越大获得空间越大，空间大重力大，重力越大人感受压力越大，压力大承受力就大。然而，索取的欲望无限而人的承受力有限。

05.13 06:07 ： 西藏古老格言：上师如火，近之则被烧伤，远之则不够热。

05.14 03:25 ： 人忍受成就比忍受失败更加困难。

05.15 02:01 ： 欲望决定命运。

05.16 02:29 ： 修为，不做强者做好人。

05.17 01:32 ： 人容易腐化堕落，因为做恶事更有利于自己，讲假话更能取悦于别人。

05.18 02:47 ： 如果物质生活富裕，而心灵空虚，精神委顿，那么，精神就不足以养活肉体，必然演变为放纵与狂荡。

05.19 00:39 ： 不能让梦中的天国成为可以安慰自己的最高意义。

05.20 01:55 ： 苏格拉底说："真诚是还未完全成熟的最年幼的德行。"然而，没有真诚，还有什么道德可言？当然，不真诚的道德是一个自相矛盾体。一个人要做到真诚，必须对人生有真实的体验，以自己的全部热情感受过人生的悲欢离合，才明白生命的品质是由真诚铸成。

05.21 04:10 ： 从肉体到精神有着无穷的距离。

05.22 02:16 ： 虔诚跟迷信不同，把虔诚归到迷信的地步，等于毁灭虔诚。

05.23 00:52 ： 一切伟大的辉煌，在探索精神的人看来，并没有什么光辉。

05.24 04:39 ： 我们很多决定事物的信息是来自于不道德的是非言语。

05.25 00:51 ： 历史有相当部分纯然是“坏人后来转称好人”和“强人重审复变回恶人”的纠纷。

05.26 02:45 ： 爱是实践的艺术，是一种内部的活动，是一个人的才能被无限创造性地使用。

05.27 01:40 ： 贪得无厌的乐观的求知欲与悲剧艺术的自我陶醉之间的斗争，是在现实世界的所谓自认最高尚的境界里进行的。

05.28 04:47 ： 只认识上师的伟大而不知道自己的可悲，或者只知道自己的可悲而不认识上师的伟大，两者同样危险。

05.29 01:16 ： 比较高明的人是否应该为了他们的利益而牺牲比较低级的人？聪明者是否应该为了他们的利益而牺牲愚蠢者？强者是否应该为了自己的利益而牺牲弱者？

05.30 03:24 ： 讥笑、嘲讽、甚至辱骂，是一切巨星初升时都难免遭逢的寂寞和落魄。

05.31 01:00 ： 理性的表现：清醒的意识，明确的判断，逻辑的推论，可以了解的话语，可以预测的行动。

6 月

06.01 00:01 ： 那些创造性的灵魂，不拘于当时的习俗和道德，以自己的热忱引燃被催眠的热情。

06.02 00:48 ： 不能做精神世界的老农，垦掘着旧思想，不见新理想。

06.03 01:30 ： 在适当的距离上凝望好友与知己，能感受到隐约的喜悦。

06.04 02:55 ： 所谓的良友即使相对无言却还能自在相聚。

06.05 02:14 ： 记住，与冷漠的心相对应的，自然是另一颗冷漠的心。

06.06 02:04 ： 成就的表现：在此时此刻每时每刻所处的

位置上活出自己。

06.07 02:04 ： 在冥想中散步。

06.08 02:12 ： 阅读可深化思想，喝茶可沉淀思绪。

06.09 04:08 ： 一位禅师训示：有时高高峰顶立，有时深深海底行。

06.10 03:06 ： 凡逢人自称圣者，都是卑贱可笑之人。

06.11 03:31 ： 把希望寄托于仪式是一种迷信。

06.12 04:53 ： 人并非一出生就有卑贱与尊贵之分，只有他的所作所为才能决定他是卑贱还是尊贵。

06.13 03:21 ： 静思，点滴消磨着心中的悲苦，仿若万般思绪的沉淀，瞬时间心理上与意识上都会产生愉悦的气氛，沿着自己心中的神想。

06.14 10:39 ： 心灵与信仰，本能与理性，原则与良知。

06.15 04:49 ： 任何关于美的寻找，最终都要回归到人的内心。对某些事物的亲切感与迷恋，都源于我们抑或疲惫，抑或迷惘，又抑或几近荒芜的心灵。

06.16 03:32 ： 当精神出现富有，我们才体验到人生快乐。

06.17 04:06 ： 诗词，随着时光的流动，当那些缥缈的文字日益变得凝重，当那些虚无的感觉日益变得真实，那就是诗词的力量，那就是诗境词意给我们带来的顿悟和享受。

06.18 04:01 ： 选择性地忘却，清空，去听回音，或不听声音。

06.19 02:17 ： 在迷惑的刹那，坐在弘一法师故居的海棠树下，体会着明净与空灵。

06.20 02:17 ： 母爱是伟大的，只有母爱才能拯救我们。

06.21 04:28 ： 有些绵羊，对人友善，对己自满，永不满足，表面谦卑，内心狂妄，从不服人。

06.22 02:54 ： 思想，人的全部的尊严就在于思想。

06.23 02:54 ： 人只是一个充满谬误的主体，假如没有信仰，这些谬误就是自然的、无法消除的。

06.24 04:50 ： 人期望有依赖性，渴望独立，具无限需求。人天性变化无常，无聊是经常性，不安是常态。

06.25 02:21 ： 简朴，要更简朴。让生命简化，再简化。

06.26 04:53 ： 倘若真善美丧失了，良知也没有了，那一切都成了他的真善，道德就这样沦陷了。

06.27 02:49 ： 习惯是我们的天性。

06.28 03:51 ： 每个人主要的才能支配着其余的一切才能。

06.29 03:45 ： 帕斯卡尔：人既不是天使，也不是禽兽，但不幸的是，欲当天使者反而成为禽兽。

06.30 04:30 ： 去了解自然状态下自己的心。

7 月

07.01 01:50 ： 在彷徨的刹那,“心经”飘在天际,回荡耳边。

07.02 03:26 ： 相信生命,热爱命运,积极生活,努力工作,每个人都有自己独特的使命和来去处。

07.03 02:41 ： 人是多么完美地被建造和构造出来。

07.04 03:24 ： 基本良善之所以良善就在于它是如此的基本,也因而良善。

07.05 09:34 ： 对人的信任,能使自己自在与放松。

07.06 02:50 ： 把责怪放走！无所责怪。对生命表示最大的尊敬。深深地爱着自己,去做真正的人。

07.07 03:40 ： 身为人类，我们拥有巨大的结合力。结合力就是成就世间所有的巨大力量。

07.08 02:54 ： 在追求真正的品德时，斯宾诺莎提出三点：尚智、尚爱、尚力。

07.09 01:55 ： 当你领会到并不需要任何新鲜、新奇、特别的事情来作为娱乐，就能处于彼刻的当下，并且感恩你所拥有。

07.10 07:05 ： 想象力支配一切，它造就了美、正义、自由和幸福。然而，佛说：“善护念。”获取无上智慧要善于爱护好管理好自己的念头。

07.11 01:10 ： 所有产物的最终与最终的产物都是大自然的胜利。

07.12 03:17 ： 当看到或遇到恐惧时，内心可以升起淡淡的微笑。

07.13 10:51 ： 我不畏惧无知与愚蠢。

07.14 02:16 ： 现代人的卑劣，如此下去，快到了崇拜禽兽的地步。

07.15 04:14 ： 去关注生活的神圣性。自然与自由，理性与信仰，生活简朴，思想高贵，让自己的心灵由平地走向高原。

07.16 08:55 ： 感觉与理性之间的战争 ——从有感知开始至欲望消失而结束。

07.17 03:41 ： 两种极端：排斥理性，只承认理性。

07.18 10:38 ： 无论是谁，走进森林或树荫，都会变得和善。

07.19 02:33 ： 独坐空房，感觉丰饶。

07.20 03:18 ： 语言与灵魂共鸣，沉默是最根本的存在。

07.21 10:21 ： 心决定性，性决定命，命决定运，运决定气，气决定色，色决定相。一切的根本，在于心和性。

07.22 02:51 ： 不必激动，亢奋带来的烦闷是相当沉重的。

07.23 02:02 ： 当你体会到的确有基本良善与自然规律的事实之后，你就会领悟到并无所谓天生的恶魔。其实，天下人都不坏，要是坏，最坏就是自己了。

07.24 00:30 ： 接纳自身的一切，回顾过去，坦然向过去道别，去为自己崭新的一天带来光芒。

07.25 01:20 ： 尘世不存在永恒，人生不过是无数瞬间相连，我们应活出自我，去寻找适合自己的一切。

07.26 00:43 ： 放心，一切都良好地进行着。无论种种，我们都骄傲。

07.27 03:16 ： 好的事物都渴望永恒。人无止境追逐欲望，盼望即是欲望的开始。

07.28 20:03 ： 尼采：怜悯是情感的奢侈品，损害健康的一种道德的寄生虫。

07.29 01:56 ： 以礼相处，以德自律；知足常乐，淡泊自甘；有所觉悟，悲喜相和。

07.30 01:02 ： 西学东进，西方精神文明改变我们的两个根本：第一个是“人生而平等”——使儒教规定的身份等级制度难以为继；第二个是“人欲即天理”——使传统社会歌颂禁欲主义，以牺牲物质享受冻结社会进步换取安定的做法再不可行。

07.31 01:51 ： “人生而平等”需要智力才能理解，平等，是权利不是收入，是机会而非结果，是形式而非实质，这是人类可以实现的平等。

8 月

08.01 01:14 ： 在终南山东坡上，沿着行者走过的山路，我看到了夕阳的残照，欣赏着落日的彩霞……见到了晨曦中破云而出的耀眼金光。

08.02 05:04 ： 人的幸福感绝不等于欲望的满足度。物质欲望的满足度，就是“与过去比”和“与旁人比”产生的感觉。

08.03 02:42 ： 现在我们社会崇尚的所谓西方精神文明，其实，基本上是美国物质主义的生活方式。

08.04 02:14 ： 马基雅维利：人类愚不可及，总有填不满的欲望、膨胀的野心；总是受利害关系的左右，趋利避害，自私自利。因此，利他主义和公道都是不存在的，人们偶尔行善只是一种伪装，是为了赢得名声和利益。

08.05 03:37 ： 老法师开示：当发怒时，即念“一怒起，万劫起”。

08.06 02:23 ： 西藏俗语：一个真正的修行人，终究会找到一位俱格的上师；一个假修行者，只能遇上骗子。

08.07 01:54 ： 与动物不同，人类学会了信仰，然而许多时候，有信仰比没有信仰更可怕。信仰本是为了遏制人性的凶残，但信仰有时反倒会加剧人性的凶残。

08.08 00:29 ： 美国哈罗德·J·伯尔曼：一个孩子说，“这是我玩具”，这是财产法。一个孩子说，“你答应过我的”，这是合同法。一个孩子说，“他先打我的”，这是刑法。一个孩子说，“爸爸说可以”，这是宪法。

08.09 00:02 ： 凡是快速变幻的历史都富于戏剧性。

08.10 02:31 ： 让精、气、血自然通畅，心平气和，自然而为，尽己所能，无悔人生。

08.11 03:28 ： 悲喜相和，宁静致远。

08.12 00:39 ： 抹去灰尘，寻找文化，还原本质。

08.13 10:00 ： 发大愿 ——在道德的高原上，创造新人生的愿望，提高生命品质，以期拥有全新的生命理念。

08.14 01:26 ： 人，真不可思议。赞天！颂地！

08.15 01:49 ： 总是担心不够用而事先积存的心态，表明了心灵上的匮乏。

08.16 16:05 ： 把垃圾处理好。原来品位的关键是把垃圾处理好，包括厨房、睡房、客房、房屋、社区、街道、城市、国家、地球、人身、人脑、人心、朋友、社团、组织。无论是自己或是社会，无论是社区或是地球。

08.17 00:24 ： 灿烂的朝阳和美丽的夕阳，皆是为所有人而存在。每个人，都是在这光芒照耀下开始崭新的一天，结束过去的一天。

08.18 01:17 ： 一心想要占有得不到的东西时，我们是贫穷的。但若能知足于当下所拥有的事物，即便清贫，我们的内心也依然富足。

08.19 00:10 ： 生活如海，欲望如潮。尽力去做每一件事，不要重结果，只求内在安详。

08.20 01:38 ： 帕斯卡尔：苦难 ——唯一能够减轻我们苦难的东西就是消遣，然而它也是我们最大的苦难。因为主要是它阻碍我们思考自己，在悄悄地毁灭我们。没有消遣，我们会陷入无聊之中，而这种无聊会推动我们去寻找一种更牢靠的办法从中脱身。可是消遣让我们开心，使我们不知不觉地到达死亡。

08.21 09:36 ： 仁爱是自爱的另一种表现。

08.22 02:13 ： 生活简朴，思想高贵，坦然面对一切。当然感谢生命，淡然地存在于每个刹那的当下，宁静地生活，安静地思考，在活动中脱俗成长。

08.23 01:34 ： 我们绝不会恨那些我们有自信能够胜过的人。其实，我们所爱的只是自己的想法和观念。

08.24 03:15 ： 让自己气质温和，性情儒雅，癖好精致，具有开放而愉快的幽默感，与人为善，并在一切感情的表现上，保持适度的中庸与理性的自由，光明磊落，已经觉醒，正在觉悟。

08.25 03:07 ： 人生的快乐在于欲望与能力两者的配合。对每一人而言，能力就是权力。

08.26 04:31 ： 爱是行动，更是艺术，是一门实践的艺术。“爱”是无私的给予，不是占有欲的满足。现代人的爱，已经蜕变为一种完完全全的占有欲了。

08.27 01:41 ： 请不要蹉跎光阴，每一分钟都是重要的。良知的声音，人性的理想，理性的自由，自然的自由，在自然中去寻找自己的王国。

08.28 02:15 ： 时间之道为韵律，它调节光波与人之间的关系，韵律是灵魂存在的原则；人间之道为法律，它调节人与人之间的关系，法律是人类存在的原则；空间之道为规律，它调节着粒子与人之间的关系，规律是物质存在的原则。

08.29 01:25 ： 一切关于宇宙和生命的认识，实际上都根源于人的自我认识，人除了不能怀疑自己的感觉之外，别的都可以怀疑，我们看到的很多东西都只能是它的表象和影像，真实的世界，也许并不如我们认为的那么简单。

08.30 02:59 ： 现实是什么？常识告诉我们，无论我们是否看到物体，它们都是存在的，但量子论告诉我们，存在的基础是测定；而科学只能告诉我们测量与试验后的世界，不可能告诉我们现实本身。

08.31 01:39 ： 晴朗夜空，仰望星星，星星的光亮竟然都是几亿年前星体发出的光，它们离我们远至几亿光年，虽然光速是三十万公里／秒，但我们只能看到它的历史。其实，无论看到什么，几乎都是对方的历史。

9月

09.01 00:31 ： 几千亿个星系有秩序运行，全部轻重元素有规律产生。大自然本身的设计出乎我们的想象之外，宇宙复杂的结构，保持一种均衡，让人类可以在地球上生存与发展，那种精密的程度不是我们人类可以创造的。

09.02 03:30 ： 时间是什么？别人不问我，我很清楚；别人问我，我也糊涂。

09.03 03:52 ： 科学对宇宙的认识是对无限大的探索，科学对粒子的探索是对无限小的认识。科学终于在迷茫中进入了不可见的世界，看到的未必存在，看不到的未必不存在。

09.04 02:37 ： 神圣啊，大自然的律则与秩序！上天的世界，大地的世界，人类的世界，世界的世界，我们要以谦卑而荣耀的态度去面对生活与工作，去体会喜悦的满足、生活的神圣啊！

09.05 03:06 ： 孔子是儒学宗师，儒学原是中国文化的主流形态，其发展主要经历四个阶段：先秦孔学、汉唐经学、宋明理学、清代汉学。孔子已是文化符号，是十几亿中国人意识的浓缩，孔子由学者变成教主和神。然而，儒教从管制体系转为教育体系后变为道德体系，现沦为非主流道德体系。

09.06 04:24 ： 佛生印度，主流在中国。“乘”源于梵语，本义是“道路”。大乘主张众生普度，小乘偏向修炼自我。睿智的人从佛经中得到生命的启蒙；众生从佛教中得到精神启迪；统治者利用佛教的“来世福报”给儒教统治下的绝望的低等人群一束希望的光辉。圆满者、觉悟者即完成了物竞天择的优选法，前往天界至西方极乐世界。

09.07 03:48 ： 自伏羲画八卦，河出图、洛出书，中华文化始有人文初祖。儒家讲“仁”，佛家讲“缘”，道家讲“道”，中华文化由儒释道三家交融而成。

09.08 02:32 ： 天之灵为神，游于宇宙；地之灵为魄，散于人肚；人之灵为魂，飞于人脑。魂，升华为神，堕落为魄；魂受神驱使，魄听魂指挥。

09.09 03:26 ：《古兰经》的大部分故事可以从《圣经》中找到，人物更详细完整。《圣经》偏重于故事，《古兰经》偏重于教诲。阿丹与亚当，好娃与夏娃，穆萨与摩西，伊萨与耶稣，共同的文明起源造成了相似的格言和表达，两教本为一脉，自然同理同道。"认识自己就认识真主"，是穆罕默德的至理名言，也是一千多年来西方推崇的哲学经典。

09.10 03:38 ： 我们既要肯定信仰的感性，也要肯定科学的理性。

09.11 01:55 ： 所有战争几乎可以看成是生存权与发展权的争夺，其特点是半公半私。

09.12 02:20 ： 生理科学证明，生殖区域约在妊娠的第十二周发展出卵巢或睾丸，换句话说，在大约八十一天中的受精卵内发生了无数次的战争与谈判，最终决定了性别。

09.13 03:02 ： 任何科学的伟大都源于成功的悲壮。科学诞生于对宗教的否定，而科学又用否定自身发展了宗教。

09.14 02:59 ： 科学是现代人类文化的统治者，科学是当代人类文明的创造者。

09.15 10:12 ： 细胞核内有四十六对来自父母的染色体，含一长串 DNA，每个细胞中的 DNA 近两米长，每单位长度 DNA 包括三十二亿个密码，足以产生后面有三十多亿个零的概率。我们身上有一亿个细胞，每个细胞又包含这么多染色体，如果将人的 DNA 联起来，总长度达两千万公里。可见，灵魂是通过如此庞大的网络来掌控全局。

09.16 00:12 ： 基督、犹太、伊斯兰文明用一字概括，非“爱”莫属，唯物主义及科学文明用一字概括非“理”莫属。理仗证据故有法，爱讲品德故有情。

09.17 01:30 ： 有足够的自信，与主流体系保持理性的距离，在相对的孤立当中来完善自己，在深思熟虑中无所畏惧，不再懦弱、大智大勇。

09.18 02:05 ： 独立人格，不依附他人和权威，相信自己，喜欢自己，追求独立思考的精神品格。有崇高道德品质，启迪想象力，建立批判性思维，对自己负责，对家庭负责，对社会负责。

09.19 01:26 ： 淳朴的安静，成熟的谦逊，自由的意志，独立的人格和鲜明的个性，学习与实践，质疑与思考，在外界给予和自己寻找中实现自身的愿望。

09.20 01:03 ： 期待在公平、正义和良善的社会里，向往知识传承和创造的圣地，走上人类思想、精神和道德的高原。用平常心包容生活，用感恩心拥抱幸福。

09.21 01:12 ： 野蛮的本质是指人类的暴力倾向，文明的本质是指人类的非暴力选择。

09.22 02:49 ： 过独居生活，要时时检视自己的生活。因为，独居时不受外人干预，所以要时常自己整顿自己。

09.23 02:01 ： 人永远是物质，离开肉体没有人。同时，人是阴阳产物，既有物质也有精神。

09.24 03:38 ： 舍弃忧郁，展开笑颜，在懦弱处找到勇气，去拥抱那种超越忧郁的光耀，会发现前方有无限的智慧。

09.25 05:21 ： 不给别人带来痛苦和麻烦，学识丰厚而行事低调，避免冲突与不快，享受生活，追求学识。

09.26 03:01 ： 去超越所有极端，向往明澈的当下，从禅修与哲学的锁链中解脱出来，在迷惑和误解的山旁走过。为自己骄傲，体会到放松而愉悦。

09.27 00:27 ： 我向往：极高的平庸，伟大的单纯，没有目标的旅行。

09.28 03:52 ： 把渴望得到的事物视为财富的认知是不正确的，富有与否，其实在于心念如何。人要有学识与财富，同时让人知您拥有，但不要显得比周围人更聪明与富有，不炫耀，不吹牛，不傻 B。

09.29 02:16 ： 满口无所有的教义，却收人家那么多礼物，看着一个贪心之极的僧人，对别人给的东西来者不拒，我只能低头沉默！

09.30 01:15 ： Maha ati 的教义中写道：暂时的成就，就像一阵必然消逝的雾。

10
月

10.01 03:11 ： 明性的三个征兆：喜悦、明、无念。

10.02 00:23 ： 物质的随机性是由繁至简，而生命的统一性是由简至繁。

10.03 02:20 ： 据说，一个男人的胡须长得多快，取决于他在多大程度上想到与性有关的事情，因为想性时人体会产生一种睾丸素糖。

10.04 00:15 ： 以消费定向的富社会，就是极力刺激大众的消费欲望，极端创造出梦想与欲望，使用强大的手段引诱大众尝试与追逐。

10.05 01:23 ： 表面上不崇拜任何偶像的我，其实每天都在孤独地崇拜自己。

10.06 01:37 ： 自由流淌的当下明觉。

10.07 01:13 ： 人类的分歧，基本在上半身。

10.08 01:37 ： 必须有谦卑的情绪，才能走向崇高；必须有崇高的情绪，才能成为神圣。

10.09 03:03 ： 大量浪费与无量消费就是地球生命的本性与习性。

10.10 00:31 ： 愚痴人特征：诸事不顺时，满心哀愁、神情沮丧；事事如意时，雀跃不已、得意忘形。

10.11 01:01 ： 人始终在绝望与骄傲的双重危险之下。可悲引起绝望，骄傲令人自负。

10.12 01:44 ： 所有的伟大都由思想造就。然而，人类的最根本的伟大是由思想造就，交由生殖器完成。

10.13 03:33 ： 男人间的友谊是建立在相互征服的层面上。故，友好的竞争、理性的讨论和必要的思辨是必须的。

10.14 04:37 ： 人脉在交际中，拥有在人脉里；心地影响着性情，性情影响命运；眼界会决定胸怀，胸怀决定高度。

10.15 04:22 ： 人性的高雅来自心境的宁静，人生的优雅来自心灵的安静。

10.16 02:00 ： 真实的存在几乎都为抽象的思想和物象而牺牲。

10.17 02:14 ： 平和地处理得失，恬淡地面对诱惑。

10.18 03:22 ： 人类各种各样开悟的身体变化，可能都是DMT（dimethyltryptamine 二甲基色胺）的分泌与褪黑素的增加、血清素的提高与松果体的激发。

10.19 02:32 ： 上等的灵魂来到世上，一定是一场孤独的旅程，要学会自己陪伴自己。

10.20 02:06 ： 没有一种圣洁能免除我们的作恶与造孽。

10.21 02:39 ： 生态文明凸显了自然与人的血肉联系。生态破坏，则文明必然丧失；文明发扬，则生态必然发展。二者相互依存，不可分离，生态为文明输送真的内涵，文明为生态提炼美的精华。

10.22 02:47 ： 人的一切道德都在于贪欲的控制和精神的信仰。

10.23 03:26 ： 拯救灵魂一定要对天地心怀敬畏和对生命心怀感恩。

10.24 03:03 ： 使人变成圣贤，一定需要有神恩与福报。

10.25 03:47 ： 拥有和舍弃是此消彼长的关系。

10.26 02:37 ： 信仰着神或宗教的同时又过着罪恶的生活，那是一件多么可怕的事。

10.27 02:13 ： 知己，应拥有清澈的心，彼此相通。即使相互扶持，也不会成为彼此的束缚，内心单纯而简朴。

10.28 02:51 ： 生命的真谛，在于如何超越生命的有限性。

10.29 03:16 ： 生态的文明，生存的文化，美学的思考，科学的探索，都存在于我们每一刹那间。自然万物与人，没有一息不与全宇宙的呼吸相通。

10.30 03:54 ： 我们都缺少心灵，或许是因不愿意与心灵交友。

10.31 04:06 ： 人是为了思想而生的，而思想的顺序一切都是从自我开始。

11 月

11.01 03:09 ： 信仰是极为重要的，不然的话，千百种矛盾都可能乱真了。奇迹，将在坚定信仰后出现。

11.02 10:49 ： 任何欲望满足都是暂时的，因为新的欲望即将出现。

11.03 09:49 ： 做到光明磊落，已是有所觉悟之人。

11.04 03:01 ： 放松一下精神是必要的，但同时为放任无度打开了大门。

11.05 03:12 ： 我们是如此狂妄和虚荣，无论何时何地，倘若得到周围五人以上的尊敬，我们就开心满意。

11.06 02:08 ： 当不讨论生命的时候，一切都可以是猜测的，或说成是荒唐的，也可以是可笑的。

11.07 02:14 ： 世界一切都安好地存在着，看你把心投在哪里，境由心造。

11.08 00:11 ： 观望万物，放松自我。

11.09 00:02 ： 平静清澈的闲暇时光，满足与闲适，在树荫下眺望城市，表达自己对生命无限的感激之情。

11.10 02:07 ： 无论什么事情，都不要为他人的言语困扰，要自己去看，自己去听，自己去体悟。同时，不要在俗世上忘却了自我。

11.11 02:44 ： 缘来便聚，缘尽则散，一切随缘，无尽缘起。然而，主导因缘的不是它与他人，而是我们自己。

11.12 08:16 ： 崭新的清晨，空灵的境界，全部清空之时，听见了灵魂的回响。

11.13 03:19 ： 真正的同伴，指可以深入自己的灵魂而且能回应自己的内心的人。

11.14 01:26 ： 时间是绝对的，故“时间”永恒；空间是相对的，故“空间”有限。

11.15 02:30 ： 需要独处，补充能量，修复神志，回归真我，深化智慧，思考生命。

11.16 02:54 ： 无论何时，当体会到温暖时，就体会到简单的幸福。

11.17 01:40 ： 在漫天的山雾里。雾里，所有景象也许不真，却有想象的意境，有着向往美好的神秘。

11.18 00:53 ： 把游荡俗世的心神回归自然，放下复杂的思绪，以平和的心态聆听大自然。

11.19 01:37 ： 人体每天都有几十亿个细胞死去，又有几十亿个别的细胞来清扫它们的遗体；其实，无论愿意与否，我们每天都在重生，每刻都是轮回。

11.20 01:18 ： 我们都在爱与被爱、伤害与被伤害中成长，体验着成长的烦恼，付出爱的代价，一个个天真的信念不断为世故的现实所修正。

11.21 00:35 ： 能够做自己想做、喜欢做的事情，最终会在其中发现乐趣，挖掘潜力，成就自我。其实，理想更重要的是一个追求奋斗的过程。

11.22 00:56 ： 忆念少年读书专注的单纯，隔绝自身的负担，以求剩下一个理想的纯净读书环境，一点无奈，一点骄傲，骄傲造就了无奈，无奈造就着骄傲。

11.23 00:57 ： 在深谷拜访大师，深邃的喟叹，崭新的口吻，如肃穆在远古说话。牵连古今，并举中外故实，外加从容出入私人记忆，思虑极为绵密周环，情不与辞俱尽。让我无比感慨，无比殊荣。

11.26 20:56 ： 看着有限的累累悬垂，赋予无限的遐想，使它未成熟前的所有日子都被我们的期待充盈。

11.27 00:43 ： 我们从一件微小的事物出发，到达的往往是一个远远超出我们想象的广阔世界。

11.27 02:09 ： 去寻找拿来美饰现世生活中可能有的超逸部分。

11.28 00:43 ： 经济独立易，精神独立难。最艰难的道路，其实是通向自己的道路。

11.28 21:20 ： 山野间青青溪上草的清新打动着心底，袅袅余音，看到人间烟火的温暖。回首阅了尘世千帆，依然没有消泯儿时那软润纯真的情怀。

11.29 00:12 ： 在安逸闲静的深山里读书。在书里打点自己的心情，以他人的悲喜为悲喜，在见识里见识自己的性情，澄净、悠闲和静谧，满含着安宁和疗愈的能量，身心安养。

11.30 02:03 ： 是记忆，是年华，一时相聚，一时聚散，前人的沧桑，故人的遭遇，让人猛然省悟。生命的悲惨不在于终须一死，而是活着的时候已经心如死灰。我们应把自己置于生命的中心而非边缘，必须要有能够淡然接纳一切事物的人生智慧。从所有纷乱的纠葛与伪善之中解放出来，以坦荡、自信、有力的脚步，智慧人生。

12
月

12.01 01:34 ： 财富若超出自己与家庭必需，保管好偌大的财产，有不可避免的操劳，也难以享受舒适悠闲的生活。要学习修行者，随时准备好离开而不带一物，无论何时何地都不再受束缚，能以旅行者的姿态去生活。

12.02 01:17 ： 无论别人冷眼评述，还是朋友率真诉说，都在领略着人生的复杂面，甚至惊悚于铅华洗尽的苍白。但无论怎样，我们用赞美去告别过去的时日，找回迷失的自己，从无数不必要的外在依存关系中挣脱而得独立，从物欲的狭隘监牢中得到解放。

12.03 00:19 ： 任何事物都有蒙蔽人的东西，也有启迪人的东西。重要的，是当下能够醒悟。所谓人生的诀窍，就是自我关心并有所警醒，真正的精神导师不会把弟子变成自己的追随者，而会引导和激励弟子成为能够自安身立命、自主生活的人。

12.04 00:16 ： 当喝到好茶时，心底自然而然会对用心摘择茶叶、做茶和藏茶的人生起感激之情，仿佛可以从茶香中品出他们高尚超凡的品行。

12.05 00:54 ： 把宝贵的时间和有限的力气消耗在无用的事物和无聊的人身上，是对自己的无礼和失礼。

12.06 00:56 ： 童话的美，在于它的幻想，它的执着，它的不能实现，但它又是你期待的。

12.07 02:36 ： 愿意寂静地在自己的世界里面流淌着，我喜欢习惯性主动沉默。

12.08 02:16 ： 由平静到寡淡，在怅然若失时，在平庸中，找到了南宋士大夫的淡雅诗意。

12.09 02:19 ： 读言之无物的书，是和一堆俗物在胡闹与嬉戏。

12.10 03:52 ： 不同的社会群体，地位确实不一样，而在同一群体内部，生命又何尝相同。

12.11 03:23 ： 静止是定，而流动是慧。禅修让心安定，如静止的水一般，然后它可以流动。没有任何事物是静止不动的，诸事万物都在不断地流动、改变，看待世事的眼光也要随之改变，面对任何事物都无须执着，这就是慧。

12.12 01:12 ： 一种距离感，自认能以安静、细致地观察名人们的行为，感应、抽绎他们各自的人生哲学，并给予不同的赞美与欣赏。其实，无法做到旁观者的彻底的冷静，而往往是自己有所介入，有所同情，有所激愤和抗议，都在表达着自己的立场。

12.13 01:23 ： 光风霁月，乍阴乍晴，乌云密布，大地茫茫，风雪交加。茂盛的枝叶颓然飘零，空荡荡的枝头数月后又自然长出新芽。我们要学大自然，毫不恋栈，抛开过时的积习，脱胎换骨，不断重生。

12.14 02:37 ： 在每个女明星的具体的际遇中，蒙覆着不同男人的脸谱，甚至叠加着流躺过的无数男人的欲望。

12.15 01:30 ： 人生的充实与丰富，重要的不是获得什么，而是守护什么，整个人生的成功和人格的成功，是您守护了生命中的神圣和崇高。

12.16 02:41 ： 现在太多人把欲望当成理想来追求，当然，欲望也可以作理想。然而，真正的理想主义者往往是充满挫折感的失败者和失意者。

12.17 02:44 ： 久存不败的葡萄酒与普洱茶的品质，让古人不自禁地赋予其仙界品质，不管是真实存在还是品尝者施加，都令其超出了现实的平面，给闻者美好的遐想。

12.18 04:57 ： 无论飞扬，无论坠落，看似命运无常，实际上都恒定地为一只看不见的手所掌握，都是对生命的态度和对生活的记忆。

12.19 03:06 ： 惊闻赞我能满纸锦绣，惭愧与自满。若有，细想来全赖当初不避荒寒的守恒用心和恩师们的斧劈训斥。最后悟出：傻 B 坚持到最后，就会牛 B。

12.20 02:29 ： 万古长空，一朝风月。一句老话：即使明天是世界末日，今夜我仍要在园中种满莲花，以清风明月的胸怀，歌咏阿弥陀佛。

12.21 04:25 ： 帕斯卡尔：宇宙沉默，没有光明的人类，孑然一身，迷失在宇宙里，不知谁把自己放在这里，也不知他来干什么，死后又会变成什么，陷入恐惧，就像一个人在沉睡中被带到可怕的荒岛上，醒来时不知自己身在何处，也没有脱身的办法。然而，我们惊讶人们在如此悲惨的境况里竟然没有绝望。（大意）

12.22 02:32 ： 京城雅集，附庸风雅，耽玩吟咏。看雅士不拘拘于法程，不琐琐于套数，诗性十足，语言弹跳，想象力超凡，文字明净透亮，意趣无限，尽显风流。想学雅士吟咏吾观学究式的淬厉于学却自己慧根短浅，孜孜不倦又恨体力智力不是当年。苟余悦，夜难眠，只能自我析烦而破寐，独自书房咏吟，真不知所为。

12.23 04:01 ： 智慧本在文字外，但有文字方得以显现智慧。然而，真相与真理，自由与茫然，感悟智慧要从既定的观念或是抽象的理论中解脱出来，学会理性思辨，在道德的荒漠里，自我启蒙，提升人性，去过好每一个具体的人生瞬间，向往圣贤气象。

12.24 00:41 ： 据说，如果你没有遇到一个极品的人，没有得到和失去，没有完全的投入，没有满怀的慈悲和爱意，你便无法理解真爱的存在。

12.26 01:48 ： 耶稣界定基督教是普世福音。经过保罗和彼得的开展和累积，吸收了两河文明和希腊文化的传统，综合了复杂的宗教系，完成了基督教教义的主要结构，成为普世性的宗教。基督教的神全知全能全在，是一切事物的本体。同时，源自两河流域的救赎，配合《摩西十诫》的威严，上帝就是救赎之主，信仰上帝才得永生。

12.27 00:08 ： 居尘学道，敦伦尽分，闲邪存诚，见贤思齐，约束自我，勉力禅修。慧灯无尽，无上菩提。

12.28 01:46 ： 食饭，乡音土语；饮茶，韵味原香。聚鸿儒，结侣邀朋，论道传道。词香墨秀，汉韵唐音笔下生；快意诗文，昂首当代斯文岁月。揆华蕴秀，艺林荣上苑；沧海横云，南疆当有士，众成一代逸士。

12.29 03:42 ： 中西方思想方式的明显分野：中国文化关心人在人间和宇宙的秩序，西方文化关心在自然和人心中超越理性；中国心态追求和谐于宇宙之中，西方心态则从对抗中求得胜利。其实，地球只有一个，都在共存中，彼此影响，彼此学习，终究不可分割。其实，无论意愿如何，我们都在融合双方特色来共创人类共同的文明。

12.30 03:38 ： 体会到无私的复杂性，其实，大公无私可能是最大的自私。

12.31 00:29 ： 食物，除生理角度外，从心理角度看是对应着记忆与情感，可从吃这个动作来重塑记忆中的美好时光，解构出一种逻辑思考。人们聚餐，维系感情，共尝美食，伴随口中滋味的四周风景、人物、气候与各自情感情绪，在共同的视觉、听觉中，构成共同的味蕾记录，将会立体地深化彼此记忆以至集体记忆。

2009年，终南山净业寺门前

108

109

二〇一三年

1

月

01.01 02:08 ： 所有等待变成曾经，拜别了2012年，在2013年来临的此刻，我赞颂伟大的佛陀和所有佛菩萨以及所有的跟随者！我顶礼所有的圣哲和觉悟者以及在觉悟途中的行者！他们让无数众生（包括我）升华自己的道德质量，走上自身崇高道德的路，向往高尚的人品和伦理，追求究竟的学识和无限的慈悲。南无本师释迦牟尼佛！

01.02 00:41 ： 新年音乐会，雄奇瑰丽，气象万千。浪漫诗人音乐家舒曼《降B大调第一号交响乐（Op.38）：春》——用狂热的、优雅的、不羁的浪漫，揭开春天爱的诗篇，活泼地诉说着春天脚步渐渐靠近，沉睡的大地缓缓苏醒，万物生生不息，一场春之飨宴即将热闹，生机盎然。让我们充分领略春天的美好，愉悦地接受春的洗礼吧！

01.03 00:58 ： 人们对某种理论的选择、认同与支持，源自个人的执着与因缘。感受与经历矛盾复杂的人生，尝试在吸收和整合的过程中寻找生存意义，看清自己内心深处的潜能与悸动、人性的坚韧与脆弱，去找有价值的生活方式。个人经历与艺术取向的融合，人生哲学与学术逻辑的统一，超越既定界限，找寻当代智者的最高境界。

01.04 00:57 ： 在喧嚣嘈杂的现代大都市，忆起在终南山修行问道的时光，日出而作，日落而息。礼佛、诵经、打坐、抚琴、练拳、品茶、修心，与修行者在山谷里，过着和一千年前一样的生活。神往！

01.05 00:27 ： 目光穿过喧嚣与缭乱，沉思苦行。依然执着地仰望精神星空，不断尝试着思想的攀缘与观念的创新，在自由与秩序之间穿行，建构属于自己成熟的思想艺术领地，深化内在审美机制，呈现出在当今时代自己所能达到的最高想象力，传达自己对时代深刻体会后的最本质的思想情绪，直抵个体灵魂、终极关怀和精神脉搏。

01.06 01:49 ： 在物欲肆虐人类良知与灵性的今天，有多少狂奔的舌头和疯狂的乳头，舔舐着遍地的浮躁与欲望。只要愿意，什么都可以成为娇艳女人谋生的手段。

01.07 00:41 ： 亨利 · 贝格森：生活是为了改变，改变是为了成熟，成熟是为了不断创造自我。

01.08 01:20 ： 心灵基本法：看而后觉，觉而后想，想而后欲，欲而后动。

01.09 02:32 ： 释尊：所有的悲苦乃源自于错误的索求。

01.10 03:44 ： 我们为生活付出恐惧与忧虑的代价，焦虑是恐惧与忧虑的根源。

01.11 01:51 ： 无论是人还是思想，其成长与成型的过程，皆由无数次相见构成。所以，相见都应庄重、欢喜与感恩。

01.12 02:18 ： 幸福 ——偶得为幸，正得为福。幸为天意，福是人为。给予的称爱，得到的叫情，给予的越多幸福感越强，得到的越多满足感越强。肉体上的舒服叫满足，心灵上的舒服叫幸福。故，你幸福吗？意为：你心灵舒服吗？

01.13 04:37 ： 认为自己幸福的人是幸福的，认为自己不幸的人是最不幸的。之所以不幸，不在于拥有的财物太少，而在于失去了心的温暖。

01.14 03:45 ： 无论何人，都背负与承受着他人看不到的负担和痛苦。应沉默地承载着负担，将痛苦转化为慈悲，拥抱并转化负面情绪，对着你的气恼和愤怒微笑，不能期望事事顺利，困难总会一而再地出现，因这就是人生。

01.15 02:05 ： 不能不断地重复着错误，制造着痛苦的循环。这样，会为自己和其他人打开地狱之门。

01.16 02:40 ： 发怒时，张开嘴巴，眼睛就闭上了。

01.17 04:43 ： 伟大的时代必将产生伟大的人物及学说。中国的文化复兴也是一个需要巨人也必将产生巨人的时代。然而，任何一种文明的复兴，都是一种文化的再创造。文化复兴不仅仅是文艺的复兴，它包含了艺术与哲学、科学与商业。故，中国的复兴必将在各领域产生一群伟大的人物和思想。

01.18 04:34 ： 我们应珍惜未来，而不是惋惜消逝的以往。

01.19 02:33 ： 有大智慧者必深情。

01.20 03:59 ： “我对你的爱至死不渝！”其本意或许是：

我对你的误会至死方休。

01.21 02:16 ： 神、灵、魂、意识，皆属阴，无形无象无迹可求。而五位圣人：耶稣、穆圣、佛陀、孔子、老子，皆以体悟生命之本来面目，但苦于身陷多神崇拜和原始巫术的环境，对一般人就不得不用神、主、天这些概念。故，宗教的产生就是将神赋予人形并理想化的过程。

01.22 06:06 ： 一年已更始，年会聚会频频，含蓄着无限朝气的新年，心坎上起了新的思潮。随喜乐许，尝尝新甘露，祈来年增无穷兴趣，获无穷利乐。我恭敬未来！

01.23 05:05 ： 物质皆由一百多个元素组成，行星、岩石、植物、动物、大气、海洋，包括我们人类自身无不如此，不同的化学元素都有自己独特的原子和特别的组成方式。元素的组合体现出一种周期性，说明以时间轴穿起的物质世界有循环性，换句话说，我们自身也是周期性的。

01.24 04:16 ： 小人喻于利，故称“同谋”，同谋者需同心；君子喻于义，故称“同志”，同志者需同德；圣人喻于道，故称“同道”，同道者需志同道合。

01.25 05:18 ： 一切物质与生命均处于运动之中，一切生命系统都是互动的，我肉的运动显示力量，我灵的运动显示能量。物质运动停止则物质消失，生命运动停止则生命死亡。运动是物质的本体，运动是生命的本能。宇宙唯一不变化的就是变化，世界唯一不运动的就是运动。

01.26 04:37 ： 去寻找自己真正想做的事情，尽心尽力去做。这样，才会焕发生命的光彩。

01.27 03:06 ： 令他人喜悦，自己也将感到喜悦。

01.28 02:58 ： 尊敬我们的人性。

01.29 00:56 ： 自律、自主的人，不会在意别人的言辞，任何人的诽谤中伤或是甜言蜜语，其实都与他无关。

01.30 04:08 ： 人乃万物之灵，因有意识与思想而凌驾于万物之上。

01.31 03:07 ： 为了要摆脱无休止的讨论，只需拿一个互相矛盾的状况作为出发点就够了。

2
月

02.01 03:33 ： 习惯造就一切公正。

02.02 02:46 ： 诚实，也许是最好的计谋。

02.03 03:08 ： 自欺欺人的个人谎言只有得到自欺欺人的集体谎言的支持才可能实现。

02.04 02:06 ： 福慧因缘，感恩诸佛。

02.05 02:08 ： 茶，上至帝王将相，文人墨客，儒、道、释各家，下至挑夫贩夫，平民百姓，无不以茶为好。茶道，上至殿堂茶仪，中至文人茶会、禅院茶宴，下至民间婚俗、节俗，无处不在。中国茶道精神至大至深，高雅深沉，包含国学的精华，包含无数的玄机，体现文化精神的深度。茶，是孕育着中华文明的乳液。

02.06 02:03 ： 静静地阅读夜空，留一杯醉意给今天，再次放空自己，再一次洗礼自己，去迎接明天！

02.07 00:06 ： 弯弯曲曲的市井巷陌，吵闹繁杂的菜市场，斜阳照射下的石板路……乐悠悠在家乡小镇游荡，小镇的生活，休闲、踏实、安静，没有空气污染，没有交通堵车，没有匆忙的脚步和疲惫的笑容。我在追寻遥遥远去的童年的纯朴和母亲的深情。

02.08 01:21 ： 打打球、散散步，与小孩子玩玩。男女老少，凉亭聊天，和颜悦色，优哉游哉，乐融融，仿佛人人都是亲戚。

02.09 01:27 ： 浪漫而又富于诗意的环境里，智识得到增长，意识受到磨砺，情操得到陶冶，心灵得到净化，个性得到塑造。

02.10 00:56 ： 爆竹、美酒、春联、祝福，除夕感恩，吉星照，祥云绕；鲜花、春晚、喜气、富贵，蛇年许望，祥光至，好运临。以愉悦的心情迎接崭新的岁月，喜从天降，自由自在，尽情尽性，挥洒才情，书写情趣。好！

02.11 02:23 ： 春节，保持一颗童心去观察事物，体验年节各项活动和仪式中的物外之趣、物外之意，体会自得其乐的尊重。

02.12 00:42 ： 丽日，祥云，鸣琴，纵笔，琴心瑞气，笔趣蕴香。春风、醇酒，千年雅乐；天歌、慧心，悠然清和。

02.13 02:20 ： 绿色的田野，茂密的树林，起伏的山丘，溪水缓缓流淌，有一种近乎忧郁的宁静。乡村的生活似乎没有太大的变化，没有城市的浮华和虚荣，却有闲逸朴实的文明底色。

02.14 01:56 ： 从山走向水，从水走向河，从河走向大海，从大海走向蔚蓝，一路浩浩荡荡，势不可当。天下向蔚蓝，上下五千年，纵横五大洲。气势磅礴，激情飞扬。

02.15 02:59 ： 两晋南北朝士大夫以茶代酒以茶养廉，唐代《茶经》问世，宋人斗茶，元代玩茶，辽金行茶，明士品茶，清末民初茶俗饮。老庄清心无为，道家以茶自娱，神清气爽，茶仙茶痴，长生不老，羽化飞升。要茶要水佛玄结合，佛理茶理，调茶献茶，禅与茶礼入百丈清规，吃茶去成禅林法语。茶，大哉！深哉！妙哉！

02.16 02:00 ： 五桂山、伶仃洋、大沙田、岐江河，上苍赋予丰美的水土，中山人世世代代有了安身立命的依托；闽南人、客家人、广府人，以及所有来中山的人，自然的人化和人的自然化，一代代演绎着，沧海桑田，物阜民丰。这里，山山水水、花草树木，风情和美，四季飘香。

02.17 02:14 ： 有人问霍金：平时想什么想得最多？他说：女人，女人是彻头彻尾的谜。

02.18 00:44 ： 无意间的眼神接触，礼貌地称赞对方，稍微殷勤的添茶动作，或者表示对某人观点的赞同。这些讯息若有若无，转瞬即逝，刹那的微光，使人们在相聚中有暖洋的愉悦。

02.19 01:43 ： 竹院雅室，聚友烹茶，红红炭火，幽幽香气，一盏清茶，满座茶香。茶浓茶淡，细品醇香，味抒胸臆，醇清思绮，清心明目，茶禅妙趣。

02.20 01:17 ： 家乡，朴实的清纯，托起了我前行的希望，哺育了我前行的勇气；家乡，温馨的土壤，灌满了我远行的能量，赋予了我最平凡的光荣。每次回家停泊的瞬间，都震撼着我远航的心魄，让我变得坚强。家乡，温暖的家乡，我多么留恋您！但和风告诉了我，明天，我要继续起航。

02.21 02:30 ： 格劳乔 · 马克斯：你相信谁，是我还是你自己的眼睛？

02.22 02:44 ： 没有广阔天空，日月星辰难显光彩；江海若缺少雅量，无法容纳百川；理性需要广阔的视野与雅量的胸怀。理性，在恒定的冷静中，有一份不可挑战的庄严。

02.23 02:55 ： 祈愿佛法常驻世间，直到永远。

02.24 03:38 ： 无论怎样，欲望代表的是一种偏激的情绪。

02.25 02:43 ： 理解，是自由之道。无论对自己或别人。

02.26 02:49 ： 索达吉堪布：没人能一手把你拽到天堂，也没人能一脚把你踹到地狱，命运是苦是乐，掌握在你自己手里，所以，做，才能改变自己的命运！

02.27 03:03 ： 海德格尔：我在等待神的来临。

02.28 02:56 ： 克尔凯郭尔认为人生三个阶段：从感性到伦理再到宗教。

3 月

03.01 03:07 ： 在荒谬中生存，在矛盾里觉醒。

03.02 02:41 ： 人应借着自由抉择、自我承担而实现自我。在困境中以一颗清明的心进行非暴力修习。

03.03 02:24 ： 人活在俗世，简单说不过是为了三点：活得好一点（健康），长一点（长寿），明白一点（喜乐）。

03.03 23:45 ： 贤圣以慧为命。

03.05 01:09 ： 现在看来，要追求纯粹愉快可能要用非纯粹的办法来完成非纯粹的条件。

03.06 04:34 ： 相逢瞬间，相离刹那，来去匆忙，自然淡然，因缘聚会，无尽缘起。

03.07 02:17 ： 这世上，最知心的，唯有自己。

03.08 03:55 ： 真心要么输给了生活，要么交给了岁月。

03.09 04:24 ： 与时光携手而行，一往无悔。

03.10 07:27 ： 岁月原本不会相欺，是我们支付了太多的美好，又不愿平和对待，所以才有了诸多的不如意。

03.11 02:54 ： 老友匆匆相逢，连问好都来不及说，但有无限的暖意。

03.12 02:18 ： 多少人，为红尘而去，带着美丽的约定；多少事，为生存而忙，道着沧桑的诺言。

03.13 01:55 ： 像是一段错调的探戈，倘若没有年轻的寥落与疯狂，又如何会有后来万里长风，江湖相忘的洒脱。

03.14 02:25 ： 年华似水，总是匆匆。好事也好，坏事也罢，我们所经历的一切，只是昙花一现。无须绚丽与永恒，只求用心体会。从前所经历的痛楚，以及为克服痛楚而做的努力，都是日后美好的回忆。用何种态度面对困难，用何种方式来克制困难，决定了我们的未来。

03.15 02:53 ： 谁说，痴情不是一种罪过，滥情不是一种疯癫。爱，要适可而止。激情、爱情、亲情、同情，是每段情爱的顺序，情爱应一个一个谈，一段一段了，不能加、混、迭，否则是给生命以危险。

03.16 04:28 ： 滚滚红尘，有人修生，有人修死。无论任何人，都拥有自己的内心世界。无论任何人，内心深处都孤独的。为了调和那份孤独，应时时自省。不必向他人倾诉，也不要过分依赖书籍。无论怎样，活得心安理得，死得无有牵挂，是这段俗世修行终极的内心向往。领悟真理，照见自我，用心修行。

03.17 03:12 ： 面对洁白的墙壁我安静地沉思着。若无法时时自省，内心将会荒芜。

03.18 04:18 ： 世间有太多的错过和遗憾。天朗气清，才有美丽的彩霞；人生有闲，才会看清自己的足迹。

03.19 01:13 ： 所有的一切，都抵不过匆流的时间。

03.20 02:57 ： 深情疏淡，古朴清雅，夜里一曲琴音。寄以春风，来时无语，去时无声，春风春雨春雪，送走雾霾，送走黄沙，无限春光，风调雨顺。万物在变化中生存，从一极变至另一极，成就生机盎然。

03.21 02:48 ： 资本的象征：功绩、荣誉、信誉、名声、名望。实际上资本象征必须要通过并借助他人的尊重、承认、信仰、信赖和信任才能存在。

03.22 04:04 ： 绝美景象，总在远方。因为那片不曾跋涉过的陌生境地，有未知的山水，未知的际遇，未知的尘缘。远方是期待，是对生活的挑战和向往。

03.23 08:43 ： 有道即富贵，无为是大乐。

03.24 03:53 ： 智者强调世间不可乐想，是指愚痴无明的众生所生存的世间时时处处皆苦，而不是说世间绝对没有快乐可言，人注定只能受苦受难、了无出期，只能去做苦行主义者。恰恰相反，人类不仅有摆脱苦难、得到快乐的可能性，而且还有这样的现实性，即不需要到世间以外、到烦恼和生死以外去求，在当下就能得到快乐。

03.25 08:14 ： 每一天，每一瞬间，怎么想，怎么说，怎么做，将决定自己的未来。

03.26 02:35 ： 人的现实的特性、相状、体、用、因、缘、果报等，无不是由其固有的可能性决定的。如果一个人没有成为艺术家的潜在素质，无论怎样努力、怎样培养，绝不能成为艺术家。如果一个人的本性完全至纯至善、至净至美，那么他绝不会为恶，而一个完全没有去恶从善可能性的人，也绝不会成为至善的人。

03.27 02:43 ： 人的最卑微之处是追逐荣誉。

03.28 03:27 ： 生命非一次性而具永恒性这一观点尽管在科学和哲学上颇有争议，但从价值论上说则有唤醒人的责任意识的作用。自己不仅对此时此刻的我、家人、相关的他人、祖国和环境等，负有不可推卸的责任，而且对下一期生命形态及其所依存的一切，肩负着光荣而神圣的使命。

03.29 03:56 ： 骤暖匆寒的红尘，总是要一些唯美和纯粹的故事来装点。

03.30 06:55 ： 如果你具有新奇的眼光，会看到世界每天都不一样。当你反省内在生命的时候，会发现它是动态的、开展的、希望创新的，再从这点即可推演至整个宇宙。

03.31 03:32 ： 一个人的存在，就是自我在世界中的实现，同时又超越这个世界。在世界里，不断地自我实现，不断地自我抉择，这个选择过程就是存在的过程。

4
月

04.01 10:17 ： 明知红尘深似海，亦无法不投石问路。放弃现有的事物，踏上陌生艺术展览旅程，寻找新的艺术道路。

04.02 02:12 ： 涅槃遍一切处。

04.03 07:00 ： 柏拉图：如果我们欲获得纯粹知识，我们必须摆脱躯体并用灵魂来沉思。

04.04 03:05 ： 人应以消除分歧而不是造成伤害的方式与彼此说话。

04.05 07:18 ： 爱是飘荡在沧海里的一叶轻舟，是行走在沙漠上的一树菩提。爱是一弯明月，从古至今诉说着地老天荒。

04.06 00:24 ： 我将为他们的追求和通过他们的热情来实现我的期待而祈祷。

04.07 00:33 ： 因为有维持生命的需求，人类就从其动物祖先身上继承了呼吸、动作、观看、倾听，以及协调自己的感官和运动的大脑。我们身上现在所有的这些器官并不是独有的，而是一代又一代动物祖先奋斗的功绩与恩惠。

04.08 02:09 ： 每一种需求，比如对新鲜空气和食物的渴望，都是一种缺乏。

04.09 03:16 ： 道德的最大秘密是爱。

04.10 01:32 ： 欧洲很多博物馆都是民族主义、军国主义和帝国主义兴起的纪念馆。

04.11 01:32 ： 肯尼迪的座右铭：我感悟到，这个世界上的伟大事业 ——并非在于我们身处何地，而在于我们走向何方；为了到达天堂之门，我们有时必须顺风而行，有时则必须逆风而行 ——但我们必须前行，而非随波逐流或原地不动。

04.12 03:05 ： 本能会让你从混乱中理出头绪，有时还会发生不可思议的事件让你看清实质。

04.13 02:28 ： 我们可以通过许多事件来扩展道德的想象力，去感知希望与梦想，去寻找承认与超越。

04.14 02:09 ： 我们要保持人交往中所需的一定的谦恭，而不是相互指责或诿过于人。

04.15 01:42 ： 长江以南，太湖西岸，美丽宜兴。千年陶文化，一把五色土，一壶风雅颂。古朴紫砂，青瓷秀美，典雅均陶，彩陶绚烂，精陶清爽，薪火相传，绵延不断。一代代紫砂人用手中的灵巧和心中的智慧创造着传奇；一件件紫砂器以丰富的造型和精湛的工艺展示着风韵。凝聚厚重，承载温情，造化神奇，万千气象。

04.16 03:15 ： 反思现在，思索未来，无论以何种方式，我们都要维护和增进今天仍与我们同在的人们的关系。

04.17 03:23 ： 生命是短暂的，我们在这个地球上瞬间即逝的时光中，重要的不是财富、地位、权力、荣耀，而是我们如何诚挚地互相关爱。

04.18 02:19 ： 人应该低声告诉邻居结果，而不是争论或声称什么。

04.19 02:13 ： 为人父，不需多高的学位，也不需要腰缠万贯。无论是心存疑惑还是面对磨难，都应谨记我们作为父亲的身份 ——这不仅仅是义务和责任，更是特权和福气。

04.20 01:49 ： 撒切尔夫人：那面带笑容的背叛，可能是最坏的事。

04.21 02:47 ： 天佑苍生！

04.22 04:51 ： 启发新的文化视野，使思考产生活泼的生命力。

04.23 03:59 ： 深度自觉。万事万物，都应待在正确的位置上，方可生存。

04.24 04:13 ： 人应将变化与存有本身连在一起，相融互摄。只要存在，便有价值。

04.25 08:02 ： 我们在学习和生活中获得成功所需的技巧

技能和思维习惯，有独立性又能与人协作、沟通，有自信和应变能力，有批判性思维，能创造性地解决问题。

04.26 03:47 ： 面对艰难困苦时的坚韧，随着时间积累，塑造着性格，构建成精神核心。带着信心，带着希望，带着果敢去信赖生活并融入生活，热爱生活，尊敬生命。

04.27 03:40 ： 每个人的习惯不同，但过于安逸则容易懒惰。

04.28 03:36 ： 真正的相见是心灵的交流，否则，只是相遇。

04.29 03:05 ： 黄河九曲，终必东流，一切哲学家探讨莫不由自我出发，最后再回归自我。在个人的生命历程是如此，在西方思潮的进程中是如此，在东方圣哲的思想记载中，亦是如此。

04.30 03:35 ： 内涵越具体，外延的涵盖性就越窄；内涵越抽象，其涵盖面就越广。

5

月

05.01 00:22 ： 凡实在的都是合理。

05.02 01:01 ： 少说话对于女人是一种装饰，而装饰简朴，在她也是一种美。

05.03 01:42 ： 世态炎凉是正常现象。世上没有无缘无故的爱，以受辱为修炼。

05.04 01:20 ： 少一点聪明，多一点智慧，留几分率性随意，有妙境。

05.05 01:41 ： 究竟是人在模仿神，还是神在模仿人？

05.06 00:50 ： 求学之道，先信而后疑。以开放的心态接受真知。

05.07 01:38 ： 完美的幸福在于看到了神。当看到神后，灵魂会有质的无限提升和向往。

05.08 03:51 ： 一个人默默地坐在树荫下，心无杂念面对树木，体会到满足与闲适。

05.09 02:52 ： 聊天、吟诗、作画、咏唱、抚琴、喝茶，待多久就多久，也可以随时离去，享受时光流逝，追求时间上的如此奢侈。

05.10 02:36 ： 最舒服的爱，因为有你，我更喜欢我自己，所以我愿意为你，让自己变得更好。最浪漫的情，没有什么波折，平淡无奇地度过，两个不大呼小叫也不生离死别地相伴到老。

05.11 03:29 ： 人生大部分的生活都不是在快乐的状态下完成，无聊、孤独、不怎么快乐是人生常态。所以，要坦然与淡然面对种种状态下的生活。其实，安康的活着就是幸福。此时此刻，我们完整地活在当下这一刻，就是最大的快乐。

05.12 02:35 ： 她们无比崇高，她们藏着震撼世界的无限力量，她们有一个同样的名字 ——母亲。

05.13 03:51 ： 求心灵与人格的同一性，人性尊严在于独立与自由；求道德与言行的自律性，纯粹心灵在于安宁与平静。怀着独立与自由，安宁与平静，以清澈的灵魂，迈向未知的彼刻。

05.14 02:34 ： 坦诚的人把忠于自己的心灵看为首要。

05.15 02:53 ： 在清和的郊外，呼吸清新的空气，与家人一起安静地吃饭，微笑地面对眼前的食物，觉知家人在场的美妙。此时，感到平静和活在当下，此刻，感到每刻都是愉悦。

05.16 02:14 ： 期待与将来的当下化。

05.17 03:29 ： 控制欲望，克制冲动，驱散恐惧，确保自己能理性控制自己。

05.18 10:25 ： 不要企图得到同情和赞扬，无论做什么事，都要想想，此事结果会如何？

05.19 04:28 ： 争吵时，抛开自己的意见和观念。切记，伤及他人之前，必将刺伤自身。

05.20 04:10 ： 艺术是通过感性形式来掌握精神的，宗教是通过图像式的概念来表达精神的。

05.21 00:33 ： 追求不可能的事是一种疯狂。

05.22 02:20 ： 面对幸好的东西，接受时没有一丝傲慢，放弃时也绝不留恋。我们不必完美无缺，称心满意，但必须不带责难或谴责地面对得失，我们要精神地修习微笑而淡然面对得失。

05.23 03:21 ： 心中只有自己，不是自私是幼稚。

05.24 06:22 ： 每个人的心底，其实早已种下了不同的因果。

05.25 01:11 ： 不是所有的初见，都会有一段惊心；不是所有的相见，都会有难忘的心动。

05.26 02:16 ： 走过无数地方，发生多少故事，无数聚离，多少喜悲，从开始到结局，从过去到未来，交换着或将交换着不同的自己；今天，你擦去别人的痕迹，明天，别人把你送去历史，多少来去，多少沧桑，时光中时空里还有多少你残留的气息。

05.27 01:05 ： 南怀瑾：大公与大私本无一定的界限，全体自私到极点，私极就是公。换言之，大公无私到极点，即是大私。不过，这样的大私，也可以叫他作大公了。

05.29 07:33 ： 我们沐浴着同一片阳光，呼吸着同一种空气，生活在同一个地球。我们要尊敬我们的人性，真正和平地相处，共同增长我们的觉知，将冲突或怨怼或愤怒的心灵，转为真正的和平。

05.30 12:36 ： 很多事情，原以为不在意，却想不到会这般惊喜。

05.31 07:27 ： 如何把仓促而短暂的生命过得如意，缘于各自的心境与追求。

6
月

06.01 11:11 ： 拉斯维加斯的夜色，奇异斑斓，缤纷光彩，精妙绝伦，处处如天堂盛宴，时时如梦幻仙境。这里，连空气都浮动着情色与金钱的气息，欲望犹如一条没有起始与终点的河流，在这座纸醉金迷的城市滚滚奔腾。这里，有照彻着人类脆弱灵魂深处的光亮，人们从世界各地纷涌而来，为追寻那绚丽华美的光亮而疯狂。

06.01 17:34 ： 人生至简，大爱无言，自由自在，随心所愿地生活，也许就是人类精神的最高文明。

06.03 15:45 ： 我相信每人内心深处都有一种至美的风景，当你邂逅时，它会轻易地穿越你的灵魂。

06.03 18:08 ： 被清辉一样的柔光洗去疲倦。

06.04 17:26 ： 无数的年月过去，我们记得的总比遗忘的多。没有人不需要朋友，友情需要时间建立，需要言语表达关爱，人生有忧喜，还有哀乐，岁月有蹉跎，我们要把握相聚时刻，珍惜拥有的真爱，乐于分享一切。

06.06 00:54 ： 必须明白，世上很多事很多人是我们本来无须理会的，释善别恶，气定神闲，以愉悦心情迎接美好一天。

06.08 03:05 ： 总有一些人，值得我们一生钦佩，一生欣赏。不是羡慕他们的富庶人生，亦不是执着于他们的千秋功名，而是喜爱他们的生活态度与对梦想的追求。

06.08 04:47 ： 无论盛世如何繁华，无论人生如何辉煌，人总是独自一步一步地行走。

06.11 22:11 ： 经历了万般磨砺，肯定能百折不挠。

06.11 22:11 ： 世间所有的相逢，皆是缘分。时光淡淡吹散，淡然的忘却，那些曾经擦肩的背影，交换过的笑容，以及平淡的相处，都值得我们珍惜。然而，再深刻的情感，再美丽的诺言，都会过去，都是记忆。

06.13 03:21 ： 大海风光，时而沉默安静，柔情万种；时而波涛汹涌，悲壮澎湃。晨早，在海边漫步，在轻盈的步伐中，找寻一点点乐趣与浪漫，一丝丝慰藉与畅悦。

06.14 03:31 ： 躺在美丽的夏威夷，体验着海与天如此和谐的美景，挥霍着慵懒时光。

06.15 05:36 ： 这里有微风细雨的诗情，有绿柳桃红的雅韵，有晴空彩虹的气象。举目望去，蔚蓝无极，海天一色，用博大而温柔的心怀，寻一株菩提。

06.17 01:23 ： 想起前辈一句名言：不要因为走得太远而忘记为什么出发。

06.18 01:01 ： 生命的重要是意志。

06.19 00:10 ： 我们要尊重财富。既要重视物质财富，也要重视精神财富；既要重视个人财富，更要重视社会财富。然而，富足的心灵蕴含在清贫简朴中。

06.20 01:25 ： 世间上的大学问都是自然通彻的。

06.21 00:00 ： 最高明的东西是最平凡的，平凡到极点的人就是最高明的人。

06.22 02:01 ： 若别人犯错，让他自己承担。

06.23 00:35 ： 最铁的友谊：共同信仰，共同理念，共同利益，共同爱好，共同语言。

06.24 03:06 ： 宗教最高的道理都是一样，不是别人救了你，是你自己救了你自己。

06.25 02:54 ： 人在俗世上成就的过程：从求很多人到不求人至去帮助很多人。

06.26 02:56 ： 学佛不是迷信，而是正信。正信是要自发自醒，自己觉悟。

06.27 03:14 ： 当找到精神寄托，自然能时时保持宁静泰然的心境。以愉快的心情来对待悲哀的情景，以坦然的心态面对无法避免的困难。

06.28 07:10 ：《孟子》：使先知觉后知。

06.29 02:43 ： 身体处于社会世界中，但社会世界以素养或理念的形式处于身体中。

06.30 03:50 ： 正是由于我们倾向钦佩从而模仿有钱有势者，所以，他们才能树立或领导所谓流行时尚。他们的衣服是时髦的衣服，他们交谈的语言是时髦的语调，他们的神态举止是时髦的动作，甚至他们的恶行与愚蠢也是时髦的。大部分人还很得意地模仿他们，为恰好在使自己丢脸失格的品性上和他们相像而沾沾自喜。

146

7 月

07.01 02:13 ： 道歉是一种美德，能化解矛盾，会给自己及对方带来轻松和愉快。

07.02 02:42 ： 人一定要有理由才能幸福起来。一旦找到了那个理由，自然而然会感到幸福。其实，人类不是在追求幸福，而是通过实现内在潜藏于某种特定情况下的意义来追寻幸福的理由。

07.03 01:35 ： 痛苦不是不可忍受或永远持续的。保持乐观健康的心理状态，宣泄和转移不良的情绪。

07.04 03:28 ： 一切的成就和财富都始于积极的自我暗示，做好自己该做的事，努力成为最好的自己。期待别人看待你像你看待自己一样，是不现实的，如果有人依据错误印象得出对你的结论，受损害的不是你，而是他们。

07.05 02:14 ： 再丰富的经验，也比不上热诚。

07.06 00:23 ： 人都希望被爱，并且希望自己可爱。

07.07 04:05 ： 成为生活中的幸运者，要有强烈的自信心，同时，全神贯注与你息息相关的事，以正确的方式展示自己的能力，不择手段的行为应该避免。

07.08 02:43 ： 孔子说过："知我者，其惟《春秋》乎，罪我者，其惟《春秋》乎！"历史读多了，好的榜样没学成，坏的手段全学上了。

07.09 03:58 ： 所有伟大的语言皆孕育于沉默，一切高贵的情感都羞于表白，一切深刻的体验都拙于言辞。让我们学会倾听沉默，沉默是神来临时的永恒仪式。

07.11 02:35 ： 要热爱生命，而不热爱物质，沉湎于物质正说明对生命的不尊重。

07.11 09:32 ： 对生命来说，谨慎的行为比智能沉思更有价值。因为纯粹的沉思是一种自给自足。

07.13 00:52 ： 在移民大潮汹涌的小时代里，谈论原乡的意义，渲染闲散的滋味与乡土的芬芳都让你感到尴尬和轻浮。对我而言，家乡承载着我在煎熬与忧患中逐渐消逝的青春及欢爱。

07.14 00:59 ： 在精神创造的领域内，不可能有真正的合作，充其量只是交流。

07.15 00:28 ： 其实，很多心灵旅行都是在闲谈间完成的。闲谈，可能是灵感的交响，亦可能是智慧的聚汇。当然，可能般若，也可能无聊。

07.16 02:21 ： 开放，是全新的社会生产组织的一大要素。众包，相信每一个人的独特价值，强调多元性和差异化在规则引领下的协作，同时相信群体智慧对个体智慧的超越和修正。

07.17 00:51 ： 无论何种现状，只有不与别人比较即开始享受自在。

07.18 01:37 ： 无论多么纷繁，都应留一丝纯粹给自己。凭着一份信念，一份感动，一份责任，努力尽职地工作着。

07.19 15:47 ： 希望是主动的，命运是被动的，希望照亮着现实，指导着现实，希望塑造着命运，改变着命运。

07.20 02:15 ： 文化，已经成为我们当下时代最被高举也最被滥用的词汇了。

07.21 02:59 ： 人生的意义在于超越现实，拓宽有限，挑战自我。

07.22 02:21 ： 聪明的女人能欣赏男人的精明，精明的女人能刺激起男人的雄心，高明的女人能抚平男人的野心。女人皆不是弱者，女人是用软弱武装起来的强者。女人，是上帝创造的伟大艺术品。

07.23 02:14 ： 在信仰崩溃的时代，民族主义抬头。

07.23 12:46 ： 古人用山水寄景生情，赞美自然，现在我们以拍摄的风景来批判现实。

07.24 03:29 ： 肉体也是有记忆的。

07.25 08:15 ： 真正富有人道精神的人，所拥有的既非浅薄的仁慈，也不是空洞的博爱，而是一种内在的、精神上的丰富与一颗博大至深的心灵。

07.26 00:33 ： 宁静，是世上最奢侈的奢侈品。

07.27 18:53 ： 西学东进的几个具体转变：一、社会心态 ——从仇洋到崇洋；二、宗教信仰 ——从仇教到信教；三、社会礼节 ——从尊卑有序到平等自由。

07.28 02:46 ： 我们不能努力去逃避自己真实的命运，误解自己身处的世界，叛变我们可欲的未来，以一种闹剧的方式生活，戴着喜剧的面具，归于黑如死铁的悲剧。

07.29 01:15 ： 我们不能陷入信仰真空，更不能迷信倾向私密化。否则，会不可扼制地走向浅薄和愚昧。

07.30 00:01 ： 奥尔特加·加塞特：他们唯一关心的就是自己生活的安逸与舒适，但对于其原因却一无所知，也没有这个兴趣。他们无法透过文明带来的成果，洞悉其背后隐藏的发明创造与社会结构之奇迹，而这些奇迹需要努力和深谋远虑来维持。

07.31 03:34 ： 一个梦一般很少仅表现或者上演一种思想，通常都表现许多思想，一连串的思想。

8

月

08.01 02:30 ： 童年时代的记忆完全不同于成年期有意识的记忆，在后来的重复叙述时，会被随时随意地篡改或歪曲。一般而言，很难准确地将它们从幻想中识别出来，这些回忆都是被汇编的带有偏见的被升华过的历史。

08.02 02:34 ： 人长大了，不玩耍了，也就放弃了从玩耍中得到的快乐。但是，要想叫一个人放弃自己曾有过的快乐，真是难上加难。其实，我们什么都不会放弃，我们只是用一种快乐去换另外一种快乐。

08.03 02:12 ： 有真信仰的人仅限于说出真话，喜欢发誓的人往往并无真信仰。

08.05 09:40 ： 看到了一个天才向另一个天才致以肉麻的致敬。从此，人间多了两个傻 B 的天才。

08.06 09:43 ： 父母的行为，最能表明一个人的人格、品格、素质、气质、教养和修养。

08.07 01:26 ： 一个人的阅读趣味决定了他的精神品位，而纯好的阅读趣味是在读到很多好书后才养成的。

08.08 10:09 ： 人类历史上一切优秀者，不管是哪一领域，必是对世界和人生有自己广阔而深刻的思考并赋予独特的理解与体悟的人。

08.09 02:27 ： 不能通过高端消费来营造自己高端收入的形象以折射个人的成功和卓尔不群。

08.10 02:10 ： 我认为当下的中国社会应进行一次进步培训，学习成为大国的国民。我期望政府是威严的，国民是谦逊的，官员是实干的，国家是强大的，民族是骄傲的，人民是富裕的，社会是祥和的。领袖们的形象应是国人自我认定的国民性格的投射。

08.11 01:09 ： 弗洛伊德：戏剧的目的在于唤起恐惧和同情，并因此净化情感。

08.12 01:34 ： 我们对自己孩子的爱是生物性的，却滤尽了肉欲；是无私的，却与伦理无关。它非常实在，却不沾一丝功利的计算。在成人的功利世界里，常常感到孤独，此时孩子便是我们的救星。

08.13 01:43 ： 无论遇到多少嘲讽与批评，都应保持一直的自信。

08.14 02:38 ： “教相判摄”是佛教论师、注释家的一项重要的工作，其历史可以说与佛教历史几乎一样久远。历史上著名的论师、宗派创始人都有自己的判教理论。

08.15 02:09 ： 尽管贪欲是苦，但同时又是道。

08.16 10:34 ： 当我们毫无节制地放纵怒火燃烧时，怒气冲冲的傲慢无礼与残忍野蛮，是所有事物中最令人厌恶的。

08.17 03:01 ： 萨特：存在主义是人道主义。

08.18 02:53 ： 改掉厉声指责他人的陋习，内心才能增长爱的力量。对他人的指责，往往是错误的，因为我们做出某个判断时，对方已经是另一个人了。

08.19 01:41 ： 要在尘世喧闹中坚守自我，须将沉默的意义铭记于心。

08.20 01:33 ： 所谓误会，是缘于不理解。我们也不必只见到事物的局部或看到事物的表面便急于下判断，往往真相存在于言语与文字、局部与表面之外。要看清真相，须借助智慧，而非某种成见，在见到真相之前，一切看法都只是误会。

08.21 01:02 ： 世间万物都在流逝不止，好事也好，坏事也罢，我们所经历的一切，只是昙花一现而已。在过去与未来间东张西望，就会浪费当下的人生。人活着，是要实现自我，而不是去模仿与揣测他人。因为生活是为了自己而去不断创造与修行的过程。

08.22 02:04 ： 无数深层次的话语皆在沉默中交流。

08.23 02:49 ： 常常做出安逸的表情，而心灵经常充斥着忧伤与不安。

08.24 03:02 ： 书，一页页地翻阅，也在一幕幕地翻阅自身，同时在唤醒沉睡的灵魂。

08.25 14:42 ： 真正富足的人，是按照本性生活的人。依凭内心而非外表去生活的人，无论人生境况如何，都不会腐朽。若能与持有同样原则的人一起生活，是无限的幸运。尽量避免与无知的人做无谓的交谈。

08.26 01:42 ： 理解和爱不是一种我们可以坐享其成的天然质量，是后天教育与自我修行的结果。

08.27 10:04 ： 给魔鬼泡一杯茶。磨砺意志、激发潜能、铸造情操、增长智慧往往都是魔鬼来临时才能发生。

08.29 02:31 ： 人应寻找到遗忘痛苦的手段。

08.30 07:48 ： 晨曦醒清梦，临窗匆遥思。聚散多无由，神马与浮云。

08.31 06:56 ： 天朗气清万里程，智喜遍地任君行。至仁至善难容世，惟向长天问云裳。

9
月

09.01 02:22 ： 很多时候很多人的很多诚实是在出卖着他人的信任，利用着诚实本身。

09.02 10:36 ： 香山碧空波涌翠，高士清淡尽玉明。苦痛烦忧无踪影，慧智灵心有高情。

09.03 10:21 ： 难忘香山行，未看树叶红。日丽秋风随，山壮寺又灵。幽涧隐流泉，清心在白云。禅学溶圣训，吟诗复抚琴。天地色缤纷，诗瘾伴画癖。已负先贤志，懒思不著文。浑然归远古，朝暮在飘然。

09.04 09:25 ： 兄弟盛意浓，昌平尽兴回。闲步芳茵走，漫谈书画情。桃杏果满地，竹影遮小筵。秋风送落日，晚照映溪流。

09.05 11:21 ： 日丽风和，花香竹韵。青襟翠袖，今人古人。祥云五彩，青春丽梦。甘雨熏风，长虹万里。悲喜人间，志远壮怀。多恩天地，万物皆和。

09.06 02:14 ： 亚里士多德：人类天性渴望求知。

09.06 11:09 ： 夜宴欢，鲜鱼老酒，渔樵问答，琴徒酒徒知己，不虑伯牙再绝弦，摧心醉苍天，清樽空寂然。意难忘，琴箫曲，平沙落雁，翩翩起落。儒生名士高人，昂首低眉共倾听，文采风流地，俨然上大夫，瑟秋风。

09.06 11:11 ： 日丽风和花香，竹韵青襟翠袖。今人古人，祥云五彩青春梦。甘雨熏风长虹，万里悲喜人间。志远壮远，多恩天地万物和。

09.06 11:14 ： 兄弟意浓，昌平尽兴回。闲步闲步，芳茵漫走翰墨情。桃杏满地，竹影遮小筵。秋风秋风，落日晚照映溪流。

09.06 11:17 ： 难忘香山行，未看红叶，日丽秋爽。风随山寺灵幽，涧隐泉流，清心在白云。圣训溶禅学，抚琴吟诗，天地缤纷。诗瘾如伴画癖，浑归远古，朝暮在飘然。

09.07 15:01 ： 香山碧，空波涌翠。高士清淡尽，苦痛玉明。烦忧无踪影，慧智灵。心有高情。天地悠。浩瀚烟海，欣然红日出。热血翻腾，祥云满壮怀。精气神，万里征程。

09.08 04:59 ： 利瓦伊语录：有一句名言说得好，本应受谴责的行为或许会因它的作用而变得合理，如果作用是正面的，那它常常被认为是对的。

09.09 12:38 ： 人，非善非恶。善与恶，只随因缘际遇而生。

09.10 03:18 ： 要抑制说话的欲望，话多者缺乏自律，应珍惜自己的言语，尽量不去干涉他人。

09.11 03:10 ： 尼采：人是伸展在禽兽和超人之间的一条绳子 ——横在深渊上面的一条绳子。

09.12 01:32 ： 抛弃那些搅乱你心灵的无益的念头，去恢复内心的完全平静。心灵是唯一真实的现实。

09.13 01:20 ： 倘若现在有人，愿与你风雨兼程，自是极好。如若没有，亦不会有多少遗憾。每一个人在圆梦之前，都是孤独的。

09.14 10:23 ： 秋山翠，山静水流，落日洒西湖。醉倚船篷，纷纷树叶随风飘，香草风流。明月出，月皎琴音，桂花香墨柳。平湖秋月，洒洒墨舞呈天真，意气凌云。

09.15 01:42 ： 月影湖光，心同流水远，幻化归真任自由。竹影竹影，竹密花深佳意。凭栏远眺，万家灯火明，拂面风熏梦已觉。阅世阅世，阅花临水情趣。

09.16 00:40 ： 在大海中航行的船，没有不带伤的。

09.18 02:25 ： 学会怎样去分享，怎样和别人交流，怎样与他人齐心合作来完成一件事情。

09.18 09:54 ： 今日，每日；今时，每时；自强，国强。不能忘，不容忘。受辱，受难。勿忘历史，勿忘国耻。

09.19 00:43 ： 去感受不同城市、不同风景、不同文化所带来的乐趣。旅游是种生活方式，在缓解工作压力的同时，重新经历不同城市的不同环境、不同人文文化、不同生活方式，于是在旅途中除了能欣赏风景之外，也将工作压力与繁杂抛掷脑后。

09.20 00:22 ： 空碧无云，明月有，千秋光芒。歌舞升，人间天上，一曲欢唱。后羿嫦娥聚琼瑶，亿万相偕海天仰。同聚欢，举杯邀月时，共清朗。花在开，月正圆；天空净，彩云还。跨祥龙欲去，天高地缓。盛礼赤心奉至真，顶天立地共歌啭。瑞气洒，当歌对酒后。红阳暖。

09.21 02:06 ： 也许需要实用主义者的想象与激情，经过实验主义的方式来改变处境。我们无法成为神，但我们应该变得更具神性。也许需要一些人能成为先知，当下，如果没有了先知所具有的激情与想象力，人也就不再称其为人。

09.22 01:16 ： 民俗，是忘不掉也不该忘的民间生活情景，是延续了祖宗的情怀与智慧的活动。在民俗中去找回对往昔的眷恋，每年到了特定日子，用特定的方式，来表达我们对往昔的眷恋和对遗忘的救赎。

09.23 01:20 ： 事情一直在进展，一些具体步骤逐渐变成了共同接受的原则和话语。

09.24 01:07 ： 荣誉的背后不一定是功劳，也不一定是奉献。荣誉对每个人来说重要也不重要，你可以把它钉挂在客厅的墙壁上，让它与你朝夕相随，伴你一生；你可以把它收藏在箱底下，让它在你的生活中被慢慢淡忘，直至消失。你也可以把它拿出来玩味一下，透过它来看看日渐远去的人生。

09.25 03:29 ： 模仿是人的天性，是人类自孩提时就有的本能。人类从模仿中获得快乐和知识。一切的艺术几乎都在模仿，差别只是在模仿中采用不同的媒介，用不同的对象，使用不同的而不是相同的方式。

09.26 04:41 ： 实际上，与生活的丰饶、复杂和无限相比，文学与艺术永远都是有限的，滞后的。后者的描摹速度永远赶不上前者的刷新速度。亿万兆生灵在本能、命运和意志的驱使下，生成的多如恒河沙数的秩序、故事和想法，永远是文学与艺术的宝库。在生活面前，作家、诗人、艺术家应当常存敬畏之心。

09.27 02:40 ： 少数人需要一个上帝，因为他们除了上帝什么都有了；多数人也需要一个上帝，因为他们除了上帝什么都没有。

09.28 03:13 ： 汤因比：所以胜利者的确占到很大便宜。历史学家常怀警惕力求避免之事，其中有一件就是不要让胜利者独霸向后代叙事的权利。

09.29 12:11 ： 人生的希望有大有小，有高有低，我以为人生最大最高的希望应是希望超越有限，与万物为一。

09.30 01:25 ： 心也需要休息。

10月

10.01 02:42 ： 方法是师傅教的，禅修的功夫是自己的。记住，洗手间一定是自己亲自去的。

10.02 02:45 ： 记忆，是脆弱的。在过去不长的时间，我们已经丢弃了曾经传承过多个世纪、伴随过多代人成长的传统。我们曾经鄙视过各自所在的故乡传统以及构成某种共性的中国式乡土传统。我们的记忆同时陷入大量记忆符号构成的混乱及相互干扰中。借助节日，捍卫我们对于故乡的记忆，让内在依托传统价值，使自己内心获得平静。

10.03 01:19 ： 东奔西走，很多时候是徒劳之举。

10.04 00:50 ： 鲁迅：人不能抓着自己的头发离开地球。（大意）

10.05 01:20 ： 仲秋乡程，抚琴诗画，亲朋师友邀相聚，酒里知己樽前。煮茶南海水，闻琴古贤侠。听琴旷远，悠闲俗雅。祖德赐我三世久，何处天地人家。谁地道无极，吾心即天涯。

10.06 02:12 ： 尘心与道心，千百年来，知识分子总是在出世入世之间挣扎未已。

10.07 02:01 ： 文武之道一张一弛，几乎是所有国家和所有革命的规律。

10.08 23:11 ： 想起早已消磨烟逝的当年壮怀淑心。

10.09 02:02 ： 宇宙运行的规则是一种不确定的存在，人类社会同样不例外，所以或然性是预测结果的唯一形态，那些必然结论除了哗众取宠外几乎没有任何可信度，即使是猜中了，也是极少的偶然。

10.10 01:20 ： 近代史，一浪浪不断进步与变革的潮流。在这洪流中，不能跟上历史脚步的人皆被认为是不值得怜悯的。然而事实上没几个人能始终跟上这一步伐。昨日的革新派不数年就被斥责为顽固守旧，而坚守传统思想者却极少引起人们的注意。

10.11 02:00 ： 八卦、星相、风水，都是人类几千年来经验的传承，确实能为一些彷徨无奈的人在精神层面带来某种寄托、憧憬与安抚。

10.12 02:12 ： 歌德说过：一切消逝的，都不过是象征。

10.13 02:14 ： 在极多具体问题上我深得批评者之惠并重新做了思考与修正，但在使用要求法则的方法这个问题上，我无法悔改。

10.14 01:33 ： 中东谚语：有多少人就有多少想法。

10.15 12:14 ： 我们文明的衰落并不是由于人类所不能控制的宇宙力量所形成，我们应去探索这些灾难的真正原因。

10.17 01:47 ： 人要有自由的思想与独立的精神，要有道德的勇气与谦卑的行为，要给自己一个个坚持的理由，去迎接一个个不平凡而无为的结果。

10.18 00:22 ： 看上去幸福也是一种幸福。

10.19 09:10 ： 无论什么国家，无论怎样社会，掌握重要资源的人一定要有正统的信仰。

10.20 01:30 ： 生命从来没有要求我们成为最好的，也从来没有要求我们做最大的努力去面对所有事情。

10.21 00:49 ： 人，要靠阅读来深化思想。

10.22 01:15 ： 想忙中偷闲，但事与愿违。

10.23 01:53 ： 人生广阔而深远。激情与理想、感性与理性、坚守与创新、坚毅与温情、严厉与宽厚，各种难以融合的相对矛盾的元素在实践意义上进行有机统一。有格调、有品位，对自然、对社会、对人生有独特感受外化为艺术化，以充满美感、诗意的浪漫主义情怀充满在解决事务与追求事业的过程中。

10.24 00:53 ： 每次返乡之旅接近故乡时心意繁复，物质性的故乡一直在变。道路、山峦、桥梁、河流、田野、屋宇，这些地标性记忆的物质在变，人的面貌也在变，流行和时尚的元素不可阻挡地进入故乡。随着阅历的增长，重新回看故乡时当年叛离的情绪渐被追念和缅想代替。昔日的故乡已经消逝，记忆中精神性的故乡将长在。

10.25 00:42 ： 层楼西廊素影，梧叶红烛菊残。枯风倚危栏，寂待秋霜冷月。叶落，叶落，千林绿落尽散。

10.26 01:54 ： 最好的时光：一种深情，一种意气风发，一种舒畅生活。身在其中浑然不察，只对未来充满盼望。过后回头，猛然发觉，那点点盼望，那向前望的目光，那曾经有过的情怀与生活，就是最好的时光。

10.27 01:09 ： 19 世纪美国牧师克拉克：政治家与政客的区别在于，政治家着眼于下一代的福祉，而政客，只看下一次的选举。

10.28 00:41 ： 社会上很多令人发指的事件，许多是由于众人沉默围观而铸成可恶的结果。其实，沉默的围观者已成事情的“共谋者”，也是构成集体沉沦的主要因由。

10.29 04:12 ： 贤友聚瑶琴，意犹古韵茶邻。凝灯嗟咤处，拂尘月光秋吟。悠然，悠然，已上九霄天歆。

10.30 01:12 ： 北大，一所大学能和一国家互动。

10.31 02:44 ： 佛法即是心法，心法就是调心。调心，就要实践。实践，就是调心。

11 月

11.01 02:11 ： 一切作为都是修行。

11.02 08:23 ： 我们要共享世界文明，去建立自己的文明。

11.03 03:35 ： 对心中的野草满怀感激，然后，拔除它（心中的野草）。

11.04 04:01 ： 从现在走向过去，任杂念自由来去，体验到禅的无上自由。

11.05 03:43 ： 在艰辛中见到自己的光辉。

11.06 03:51 ： 超越自己，便是智慧。如果能超越自我中心的执着、傲慢，便是更高的智慧。

11.07 03:34 ： 远离兴奋。

11.08 02:53 ： 我们都拥有存在的自由。

11.09 01:24 ： 包容多元文化种族和信仰。停止批判，认真修行。

11.10 00:26 ： 用经验与思想去堆成原理。

11.11 01:04 ： 讲话。你要成为智者的话，首先要彻底了解你要讲的话。

11.12 04:27 ： 一个欲望攻克了另一个欲望。

11.13 02:25 ： 月亮总是月亮。

11.14 03:23 ： 胜利之门 ——决心。

11.15 01:29 ： 蔚蓝天、净白云、微凉风、青草地，成都远比想象的国际化，有国际大都市的天空与绿地。

11.16 04:40 ： 热爱天真，热爱生活，保持童心，保持敏感，保持幽默；热爱运动，热爱命运，热爱家人，热爱爱人，热爱朋友，自觉觉他，智慧人生。

11.17 02:23 ： 宁静，万象掠过而不为所动，一种淡然和安详。不争不惧不卑不亢，从容洒脱，用伤痛与坚忍去浇灌出生命之花。

11.18 02:52 ： 宗萨仁波切：在我们证悟之前，我们所有的爱都是基于自我。

11.19 02:06 ： 夜幕降临，灯火阑珊，放松自己，忘记压力。在唯美且激动的旋律中找回久违的激动。

11.20 06:59 ： 龙应台对儿子说：当你的工作在你心中有意义，你就有成就感；当你的工作给你时间，不剥夺你的生活，你就有尊严。成就感和尊严，就给你快乐。

11.21 02:57 ： 努力的意义在于努力本身。

11.22 02:39 ： 令我感到惭愧与寒酸的，是遇到比我拥有更少的人，却还不忘在单纯与简朴中，体悟生命的喜悦与纯真。

11.23 02:17 ： 没必要与命运争吵，岁月带不走清醒的灵魂。

11.24 02:07 ： 林语堂：一个热烈的、慷慨的、天性多情的人，也许容易受他的比较聪明的同伴之愚。

11.25 06:17 ： 大家想法不一样，并不代表你一定对。

11.26 03:05 ： 铃木俊隆禅师：智者即蠢材，蠢材即智者。

11.27 02:23 ： 心灵的财富一定是积累而成的。

11.28 00:45 ： 道家和儒家在民族灵魂中交替着情调。当你成功时，是一位儒家；当你为艰难及失败所围困时，或正在成为一位道家。

11.29 00:32 ： 活着，无可避免地只能活在烦恼中，要解决烦恼就要成为烦恼的一部分，与烦恼合而为一。

11.30 02:01 ： 苦行，因为有来生，所以可对肉体再一次展开作战。即便精神力量可以透过苦行释放出来，以至开悟。然而，若身体的欲望涤荡不尽，那么不论多少来生，都难达到开悟。今天我们生活在充满欲望时代，那苦行就不应太苦了，应活在当下。

12 月

12.01 01:51 ： 林语堂：老子的影响是大的，他充实了孔子学说及常识留下的空虚。以心灵及才智而论，老子比孔子有深度，如果中国只产生一个孔子，而没有他灵性的对手老子，我们将为中国的思想感到惭愧。

12.02 05:12 ： 学习等待，学习思索，学习调整，很多时候，需要的不仅仅是执着，更是回眸一笑的洒脱。

12.03 02:41 ： 信任自卑者远比信任自信者好。信任每一个怀疑自己的人，怀疑每一个从不怀疑自己的人。

12.04 02:28 ： 爱，是人生最美丽的梦。

12.05 04:08 ： 追求未必总是显示进取的姿态。

12.06 10:13 ： 忍，是开发我们精神的方法。

12.07 03:43 ： 无常，接受无常。

12.08 03:16 ： 深刻的体验都拙于言辞。

12.09 04:02 ： 节省感情。

12.10 07:57 ： 清净心与虚妄共在，在虚妄中现清净心。从容自若。

12.11 00:27 ： 在烦恼磨难中找到了智慧。

12.12 00:53 ： 人在世上都离不开朋友，但是，最忠实的朋友还是自己。

12.13 05:29 ： 成见是冲突的根源。

12.14 01:09 ： 人与人之间，多少要隔着一段距离才看清彼此。离得太近，就会被主观情绪及其他因素所干扰，以致很难真正了解对方的本质。

12.15 00:58 ： 修行起自“无始”，持续到“无尽”，没啥特别，又有特别。禅修是真实本性的直接表现。

12.16 07:44 ： 生活会告诉我们什么是血缘之爱。

12.17 21:17 ： 高质量的活动和高质量的宁静都是需要的。

12.18 12:17 ： 从容中有一种神性。

12.19 09:03 ： 每颗心灵都有温度，每个众生都有独特的光芒。

12.20 11:09 ： 丰富的单纯。

12.21 08:08 ： 心无杂念，不期待些什么，只管煮饭，也是一种真诚的表现，是一种修行。

12.22 08:02 ： 人世间的一切不平凡，最后都要回归平凡，都要以平凡生活来衡量其价值。

12.23 08:18 ： 人生最好的境界是丰富的安静。

12.24 08:02 ： 世上没有完美的灵魂。发现他人瑕疵的时候，也正是暴露自身缺点的时刻。

12.25 09:39 ： 华光万点，教堂钟声敲响。圣诞老人正在温暖着无数闪烁的窗口，满载上帝的恩赐。上帝释放无尽的宽怀，护佑他的子民，平安，健康。圣诞节快乐！

12.26 08:19 ： 很多忍让，是浸满了宠爱。

12.27 08:05 ： 摒除傲慢的习气，怀着谦卑的态度，用无限的感恩去清净着正在波动的杂念和妄想。

12.28 08:14 ： 重新体认《摩诃止观》的修行。

12.29 08:52 ： 有着无限的感恩，迎接清新的晨曦。

12.30 16:59 ： 西区掠影，东区雨游，漫无目的，非常悠闲，坐看海德花开花落。探亲访友，煮茶烹宴，观影赏戏，吃喝玩乐，望尽英伦云卷云舒。

12.31 07:21 ： 经常与庄子盘旋些时间，因为他风格迷人且思想深奥，他才智巨大与玩世机智，可以与存在的性质与知识的性质缠斗。

2011年，工作室

184

185

二〇一四年

1
月

01.01 01:29 ： 一元复始，万象已新。

01.02 13:57 ： 苏格拉底：我知道我一无所知。

01.03 04:39 ： 俗世的成功，并不在于与别人同行中，而是在于别人停下来你还在走。

01.04 00:48 ： 小忍是一种修养，大忍则有一种企图。

01.05 06:25 ： 佛是无我的人，人是有我的佛。

01.06 02:30 ： 独处是人生中的最美好时刻和美好体验，在寂寞中充实与富足。

01.07 05:23 ： 一切有天数，一切皆因由。

01.08 05:21 ： 看到了自己的真心。

01.09 07:27 ： 不知道自己犯了错，就会犯更多错。

01.10 05:02 ： 我们活得多成功，往往就会有多荒唐。

01.11 03:41 ： 佛性使我们活在当下。

01.12 05:43 ： 在沉思和独处中享受人生。

01.13 00:45 ： 湖面上，藏着日光，藏着月影，藏着星辉，藏着和风，藏着雨露。

01.14 01:29 ： 有时候像玩笑，不相干的人群和事件莫名其妙都会找到交点。

01.15 01:44 ： 人会很浅薄，当成功的虚名被记下，本来的精彩却模糊了。

01.16 03:54 ： 认清世界的沧桑，然后深深地爱着它。

01.17 06:12 ： 我们是在保护历史，还是在消费历史，甚至利用历史。

01.18 02:50 ： 巴菲特：如果你向神求助，说明你相信神的能力；如果神没有帮助你，说明神相信你的能力。

01.19 01:17 ： 每个在你生命里出现的人都有因缘，都有使命。

01.20 01:31 ： 大川隆法：如果只看现状也许会觉得不平等不公平，但其实这是过去世轮回转生结果的延续。

01.21 01:40 ： 我的心在广阔无垠的空间里，向那浩瀚的宇宙而展开。

01.22 04:38 ： 忘我的宁静。

01.24 03:42 ： 强调自由反而使你失去自由。

01.25 02:13 ： 深入自己的内心。

01.26 02:15 ： 研究佛法的目的不是为了研究佛法，而是为了研究我们自己。

01.27 09:25 ： 长期的浪漫主义是伴随着理性主义而来的。

01.28 02:32 ： 活得不快乐，本质上源于自己的无能。

01.29 03:06 ： 老朋友相见，说话总是似是而非。

01.30 01:41 ： 风流云散，世界上本没有那么多忧虑，不要沉溺于昨天的悔恨，不再为明天无谓忧愁。

01.31 01:32 ： 新春好！马年好！一切皆好！

2

月

02.01 01:08 ： 佛法长住，法乳流长。

02.02 02:27 ： 真正乡愁是灵魂深处的恩爱与回忆。

02.03 02:49 ： 苏轼：此心安处是吾乡。

02.04 00:31 ： 坐在一起，是真心在交流还是存心要攀比，在攀比中不断地吹牛 ……

02.05 00:41 ： 一群老同学把酒言欢，叙往忆旧，感到美好、珍贵。

02.06 01:21 ： 跟父母进行愉快的交谈，启动了内心深处最柔软的那块情感，无数的疲倦被抚慰。朴实的情感，跨越了语言。

02.07 02:30 ： 难得一次的聚首与相见，享受着难得的轻松与温情。

02.08 02:09 ： 慢慢地依躺在一片故乡土地上。

02.09 02:27 ： 真快，又是一年春节过了，过了一个清新淳厚的中国年。

02.10 00:31 ： 人类在生存过程中始终是漂泊不定的。

02.11 06:41 ： 我抗拒对蒙昧的自然主义展示和对苦难的赤裸消费。我的恶感也是我内心深隐的疾病。

02.12 02:24 ： 持之以恒，自我净化。

02.13 03:03 ： 不管生活多么平凡，我们依然可以赋予生活以意义。

02.14 02:04 ： 撇去一切浮华，美美地度过着。

02.15 04:05 ： 普天之下，芸芸众生，平安生息。

02.16 04:25 ： 一知半解的人，常常喜欢以破除一切神秘和揭露一切秘密为乐。

02.17 03:23 ： 我们一直都在对事物与人的不断否定中前行。

02.18 02:28 ： 当专心致志地干一件事时，能体会到“没有感觉时光经过”。

02.19 10:43 ： 儒家思想的根本是诚意，正心。

02.20 05:55 ： 诚实是最好的计谋。

02.21 04:14 ： 我们要达到一种纯粹愉快，可能需要许多非纯粹的条件。

02.22 03:39 ： 少做些事去保持心灵宁静。

02.23 04:03 ： 强者和弱者都可能不宽容。强者出于专横，他容不得挑战；弱者出于嫉妒，他经不起挑战。

02.24 03:49 ： 消除恐惧是觉知的开始。

02.25 03:33 ： 当庸俗冒充崇高招摇过市时，崇高也只有低头路过。

02.26 03:22 ： 狡猾的美是非常危险的。

02.27 04:56 ： 一个人简单就会显得年轻，一世故就会苍老。

02.28 03:55 ： 成功的强者内心深处往往埋着一段屈辱的经历，藏着一次刻骨的痛楚。

3 月

03.01 04:59 ： 学者的社会使命不是关注当下的政治事务，而是在理论上阐明并且捍卫那些决定社会基本走向的恒久的一般原则。

03.02 02:30 ： 所有的青春都是在不再有追求的那一天结束。

03.03 02:46 ： 暴力和仇恨永远不能解决问题，只能伤害自己以及更多无辜的生命。愿世间所有人珍爱在世间难得的人身。愿逝者安息。愿生者平安。天佑昆明，天佑众生。

03.04 03:11 ： 智慧无国籍，无论东西方。一些彻悟人生的智者，他们的思想是全人类的共同财富。

03.05 04:48 ： 人们争论的问题也只有两种，一种是用不着争的，一种是争不清楚的。

03.06 03:44 ： 平庸的所谓大师们遍地泛滥，夸夸其谈、滔滔不绝。

03.07 04:21 ： 通常人们请你提出批评指正时，其实等待的反而是表扬与肯定。

03.08 03:25 ： 少言多听是智者的道德。

03.09 19:18 ： 古希腊哲学家罗泰哥拉：每一个问题都有两个相反的答案。

03.10 03:17 ： 生儿育女是凡夫俗子生涯中最不平凡的一个神圣行为。

03.11 02:43 ： 无聊是意义的空白，是对欲望的欲望。

03.12 04:14 ： 海涅在一首诗里说：我要是克制了邪恶的欲念，那真是一件崇高的事情，可是我要是克制不了，我还有一些无比的欢欣。

03.13 03:49 ： 许多时候人需要遗忘，有时候人还需要假装已经遗忘。

03.14 05:03 ： 不应该听闻万般苦就想逃离，应该去经历和克服那些困苦。

03.15 04:42 ： 命运是难以改变的，容易改变的是我们对命运的态度。

03.17 04:56 ： 真正的宗教精神只关涉个人的灵魂，与世俗教派无关。

03.18 03:50 ： 几乎没有人真心蔑视名声。人若蔑视名声有两种情况：用一个蔑视方式表示他没有得到他期待的名声的愤懑；另一是已经得到名声并且习以为常了，用蔑视表现他的不在乎。

03.19 06:17 ： 我喜欢的格言：人所具有的我都具有——包括弱点。

03.21 04:35 ： 发现自己，成为自己，成就自己。

03.22 05:10 ： 追求一种不自觉的真诚。

03.23 04:32 ： 浪漫主义在痛苦中发现了美感，于是为了美感而寻找痛苦，夸大痛苦，甚至伪造痛苦。

03.24 02:55 ： 孩子，是不在乎时光流逝的。童年，是在明白自己必将死去的那天结束了。成熟，是在自己必须要承担起责任那刻开始的。

03.25 03:09 ： 一个人在精神素质上的缺陷往往会通过他的趣味暴露出来。趣味是难掩饰的，总在不经意中流露。

03.26 02:17 ： 空性真的会让你理解一切。

03.27 01:06 ： 在生活中要有所作为，必须消除需要得到赞许的心理。

03.28 00:36 ： 要努力，不能骄傲。要喜乐相随，同时要忘却自我，清空自我。

03.29 04:17 ： 与平庸妥协往往是在不知不觉中完成的。

03.30 03:21 ： 有一种人追求成功，只是为了能居高临下蔑视成功。

03.31 02:30 ： 我相信世间必定有神圣。如果没有神圣，就无法解释人的灵魂何以会有如此执拗的精神追求。

4

月

04.01 03:26 ： 忠言与教诲，并不一定就是人之所言。世间万物皆于每一瞬间，展示着自己的忠言与教诲。

04.02 03:28 ： 偶尔从喧闹中沉寂下来，回首过去，看见于俗世中忙碌奔走的自己。

04.03 07:57 ： 我们每个人拥有的，都是一天二十四小时。活着，就应好好地活着，活出真正的自我，去染上那属于自己的彩霞。

04.04 08:36 ： 应珍惜自己的言语，尽量不去干涉他人。

04.05 01:01 ： 陈述任何过去了的故事，都是过去与当下的混合。

04.06 02:13 ： 看海，不该平视，而是爬上山坡俯瞰，这样才能看到海洋的波澜壮丽。

04.07 04:41 ： 纯粹而极端，然后，丰富。

04.08 01:27 ： 人往往对亲密的人苛责，对陌生人宽容。

04.09 15:25 ： 克里希那穆提：独自冥想吧，把一切全都放下，无须强记拥有过什么。

04.10 01:01 ： 深入思维。放宽视野。如实观。

04.11 01:33 ： 不管是人、是事物，抑或风景，都需要与之保持一定距离。不要太近，也不能太远。人与人离得太近，会被主观情绪及其他因素所干扰，以至很难真正了解对方的人品与情操。

04.11 23:30 ： 煮茶时飘散的香气丝毫不输入喉的茶香。当急着做一件重要的事情或决定时，先不要着急，煮一壶老树野生茶，闻一刻茶香，喝一杯好茶再说。

04.13 02:05 ： 现在，所有的存在都标上了价格。无论是有价值的或是没有价值的。

04.14 02:07 ： 诺基亚前任 CEO 约玛·奥利拉在同意微软收购时最后说了一句话：我们并没有做错什么，但不知为什么，我们输了。

04.15 01:24 ： 没有永远不被毁谤的人，也没有永远被赞叹的人。无论你话多或话少，也无论你沉默或喧哗，别人都可能批评你。故，不要因别人的怀疑而给自己烦恼，也不能因别人的无知而给自己痛苦。为了自己所定的目的前行吧！

04.16 07:08 ： 歌德：美人只在瞬间是美的。

04.17 03:14 ： 做一个有用而无为的人。

04.18 03:34 ： 在很多时候很多环境里，庸才比天才更耐久。

04.19 04:03 ： 可以从获取财富的手段和态度中，看一个人素质的优劣。

04.20 02:24 ： 清狂剑气两相忘，兰灯诗心天明月。坐与众神论格调，月夜春光啸长风。

04.21 11:58 ： 墨华池畔汇风雅，香山兰影无言诗。今日添觞话千古，风雨阴晴心自知。

04.21 12:02 ： 轻狂剑气两相忘，兰蕊诗心对月明。试向花神询别调，夜融春气度香风。

04.22 18:48 ： 鬓华等白浪，今古通大江。风月真大雅，荒野临风笑。

04.23 11:52 ： 青山任云封，暮雨入晚钟。苍凉春风里，风流几人能。

04.24 07:19 ： 梧桐古琴棋诗画，依稀春风万里山。翠竹鲜花茶酒香，月光尽满千江水。

04.25 02:16 ： 春心清和夜，风华汉唐月。一壶古树香，飞思在江南。

04.26 02:48 ： 看山看水又看云，谈天谈地不谈人。风雨烟霞也吟诗，好借琴音倚雨行。

04.27 07:58 ： 起看笺痕旧日凭，掩卷飞思已自渐。独把一杯已小醉，方知自己是宋人。

04.28 03:39 ： 深刻地理解自身。

04.29 02:57 ： 崇尚冒险，但要珍视人的尊严和生命。

04.30 05:09 ： 牛 B 到像傻 B 一样活着。

5

月

05.01 04:35 ： 在任何情况下，都不存在万无一失的办法。

05.02 01:45 ： 竹风兰香晴日心，看到白鹅忆黄庭。山阴道士水云间，万古文采墨华中。

05.03 01:49 ： 烛尽檀香无，酒残茶气尽。狂雨凉寒临，花落随风去。孤月低头看，处男一生守。当年尚兵戎，铁马跨烽烟。顺王解战袍，可怜锦帐边。悠悠已梦醒，寂独无人述。一切成怅然，空樽望苍天。——偶遇一位老人

05.04 03:28 ： 很多时候许多事情，看就好了，别去掌握。

05.05 03:06 ： 蹉跎岁月尽醉墨，心画无言满肠诗。佛影清齐即参禅，三千世界皆无常。

05.06 02:32 ：《宝玉三昧念佛直指》告诫：处事不求无难，世无难则骄奢必起。以患难为逍遥。

05.07 02:52 ： 国家主席习近平5月4日在北大的讲话：富强、民主、文明、和谐是国家层面的价值要求，自由、平等、公正、法治是社会层面的价值要求，爱国、敬业、诚信、友善是公民层面的价值要求。

05.08 01:21 ： 一路祥云到日斜，严花古道佛光洒。禅心注在燃灯前，法雨飞花赵州茶。

05.09 00:29 ： 走得最慢的人，只要不丧失目标，也比漫无目的徘徊的人走得快。

05.10 01:12 ： 竹屋竹炉窗外雨，春风春心一壶茶。我阅禅诗三百首，佛影天香景满怀。

05.11 02:08 ： 繁花翠竹流泉声，月夜荷风吃茶客。倚松抚琴玄鹤至，枕石读经不待云。

05.12 00:19 ： 喝茶有感诗二首：（一）七碗味已至，吾拜味摩诘。今持一句偈，禅那吃茶去。（二）心潮奔万里，醉墨书千年。吃了赵州茶，无住到皆空。

05.13 08:04 ： 雕塑家罗丹：只要一看人的脸孔，便可看到一个人的灵魂。

05.14 02:00 ： 晨曦赴机场，一觉到京城。畅笔书画事，故友喜相逢。夜来露渗茶，晚酒倚琴声。半醒半颠画，一狂一醉翁。闲情又一日，忘却苦寒曾。未入神仙道，神仙是我朋。

05.15 02:15 ： 文章依稀梦，书生志已非。风雨都常事，悲喜一展眉。

05.16 04:13 ： 沉默是最根本的存在。无论什么，都是在沉默中彰显自我。

05.17 03:20 ： 孤独意味着自由。

05.18 09:58 ： 水月长风醉，功名书剑忘。风晚江花雨，雅士尽风流。

05.19 02:57 ： 益友是人生最珍贵的宝藏，若再心灵相通，将是多么精彩绚丽。

05.20 04:20 ： 人人都需要关爱，无论年龄，都需要在关爱中成长与度过。

05.21 06:12 ： 灵魂没有年龄，是一束无始无终的光芒。

05.22 11:23 ： 我们栖身于万物之中，我们已拥有无限。

05.23 01:38 ： 一个精神上自足的人不会羡慕别人的好运气，尤其不羡慕低能人的运气。

05.24 08:38 ： 在空荡与静寂中，审视自我的本来面目。

05.25 04:18 ： 我相信菩萨不是在体会了五蕴皆空之后才克服苦的，我们也不是了解真理以后才达到开悟的。

05.26 02:07 ： 你在一刹那接着一刹那时，找出自己的道路。切记，了解自己即了解一切。

05.27 04:38 ： 月夜清溪接芳尘，槐树梨花恋砚池。倚得云端茶半歇，和风轻语到天明。

05.28 04:13 ： 独处也是一种能力。

05.29 02:39 ： 有两种人永远不成熟：白痴与天才。也有两种人不正常：低能者和超常者。所谓成熟是指适应社会现成准则的能力。所谓正常就是同绝大多数的感知一样。

05.30 04:03 ： 一切精神的创造，一切灵魂的珍宝，到头来都是毁于没有灵魂的东西之手。

05.31 02:59 ： 虽然日常生活令人疲惫，但若能养成习惯，每日静坐一小时以观照自我，人生将更具活力。

6
月

06.01 05:03 ： 创世的第一日，上帝首先创造的光。“神说，要有光，就有光。神看光是好的，就把光和暗分开了。”

06.02 10:37 ： 惊才风逸，壮志烟高。万有皆逝，唯精神永存。端午吊屈原！

06.03 02:24 ： 安静，再清静。侧耳聆听，自身会隐隐散发生命馨香。

06.04 07:48 ： 人与人之间最深刻的区分不在职业与地位，而在心灵。

06.05 03:45 ： 我们现在最缺的不是伟大的理论，而是普通的常识；不是伟大的信仰，而是基本的良知。

06.06 02:10 ： 静坐于烦恼之中。

06.07 02:47 ： 人是用头脑去思考，用灵魂去追求。在对世界的看法和对人生的态度上自己做主，做真正的自己的主人。

06.08 01:36 ： 坐禅时会感到喜乐。

06.09 04:13 ： 天地悠悠，生命短促，一个人一生的确做不了多少事。我们应该善待自己，不必活得那么匆忙。

06.10 04:11 ： 所谓的生存，即是一场生命的盛会。

06.11 00:07 ： 品位是生活态度。男人可以不帅，但不能没有品位。

06.12 01:05 ： 适时的低头，是一种智慧，是一种境界，是一种豁达的胸怀，是一种巧妙的对应。

06.13 08:45 ： 市场经济所有存在都被标上价格，有价值的东西都有价格。这也淹没了很多貌似没有价值而实在真正更具创造性价值的东西。

06.14 00:39 ： 有多少期待，就有多少等待。

06.15 00:02 ： 把自己从忙碌中释放出来，在休闲中享受生活的滋润。关注家庭生活，汲取温馨力量。

06.16 09:02 ： 我们需要不断放下不再需要的东西，以节省精力。

06.17 00:09 ： 学会欣赏自己的所有，学会欣赏自己的不完美。

06.18 00:32 ： 不是所有的追求都能有一个完满的结局。

06.19 00:43 ： 用自嘲来战胜虚荣。

06.20 02:06 ： 不是所有的梦想都值得坚持。

06.21 03:10 ： 太在意别人的看法就会让自己活得疲惫不堪。

06.22 01:35 ： 其实，无聊也是一种境界，也表示一种拥有。

06.23 07:49 ： 健康地活着，是对深爱你的人的最好祝福。

06.24 06:28 ： 昨夜访禅登峦峰，树黑暮朦已迷茫。幸得前面禅师背，清风明月好悟道。

06.25 07:09 ： 山雨遥天薄雾暗，格花窗外鹊正啼。禅机悟在凡尘寂，滋味如茗舒心情。

06.26 07:30 ： 开启佛慧，游心佛国。

06.27 16:10 ： 放下重负才能走得更轻松。

06.28 10:04 ： 鹰不需掌声，也在飞翔。草没人心疼，也在成长。深山野花没人欣赏，也在芬芳。

06.29 03:12 ： 伦理必须从心去实践。

06.30 01:05 ： 叔本华说：人能够做他想做的，但不能要他想要的。

7
月

07.01 02:17 ： 在平庸与杰出间游移，于有为和无为中追逐。

07.02 01:54 ： 叩头是非常严肃的修行。

07.03 02:39 ： 任杂念自由来去。

07.04 03:30 ： 节制贪欲从疲累中出走。

07.06 02:23 ： 以冷静面对无常，以柔软心说话，以真诚心听话，以素食培养慈悲心，以超越的心境自修自得，不求多余心自定。

07.07 02:05 ： 应守护善性。

07.08 18:18 ： 攀比除了给别人增些谈资，对自己没多大意义。

07.09 07:37 ： 无所事事，享受无聊。

07.10 08:07 ： 应避免为虚名浮利累垮自己。

07.11 00:52 ： 交浅不言深。

07.12 00:53 ： 文化是每个人生命中的重要维度，是精神生活的集中展现，凡有人类文明之所在，即有文化之发生、积累、演化与繁荣。

07.13 05:53 ： 许多错败，都是在哭泣中接受文明。

07.14 05:35 ： 国际竞技场——人们从一个爱国主义梦剧场，迅速堕入一个全球消费主义的安乐窝。

07.15 00:10 ： 时时潜心于策略，久而久之，质朴荡然无存。

07.16 00:59 ： 不泯的童心，与诗心相通。

07.17 02:53 ： 尼采：要从艺术的角度看科学，从生命的角度看艺术。

07.18 02:46 ： 宽容归宽容，并不意味着你就得接受你所宽容的对象。

07.19 08:02 ： 很多人总把别人的成功归之运气，其实，只是为自己的贫困找到了一个冠冕堂皇的理由。

07.20 00:48 ： 爱，就是没有情由的心疼与不设前提的宽容，甚至超越是非和道德的评判。

07.22 01:45 ： 无论今天如何用力，明天的落叶还是会飘下，世上很多事情是无法提前的。淡然地活在当下。

07.23 02:46 ： 人总在仰望和羡慕着别人的幸福，一回头，发现自己也在被人仰望和羡慕。

07.24 02:08 ： 以一种谦卑的姿态去看待这个世界。

07.25 02:40 ： 康德：从扭曲的人性之材中是制造不出平直东西来的。

07.26 02:04 ： 心中无缺是富，被人需要叫贵。

07.27 00:59 ： 简单淳朴的生活，无论在身体上还是精神上对每个人都是有益的。

07.28 00:05 ： 善良是做人的基本，不要为了名利而失去本性。

07.29 00:10 ： 妙行法师：一盏灯一定会灭，只有把自己的灯去点亮别人的灯，灯灯相续才不会灭。

07.30 02:03 ： 人要热爱生命，不要热爱物质。

07.31 05:45 ： 一切功名都是社会概念。

8 月

08.01 02:24 ： 面对严肃的肤浅，幽默是一种轻松的深刻。

08.02 03:14 ： 读圣贤书，走自己路。

08.03 02:14 ： 渴望与渴望的相遇，是多么的美妙。

08.04 02:31 ： 有钱的穷人、有权的庸人、有学识的笨人、有声誉的恶人，这些都是上帝没有创作好的人。

08.05 02:01 ： 一切严格意义上的灵魂生活都是在独处时展开的。

08.06 02:16 ： 放慢脚步，善待心灵。

08.07 02:19 ： 摆脱折磨别人的纷乱思绪，在寂寞中享受无聊。与按天性所选择的朋友待在一起，让空闲无聊的时光赶走烦闷，安静聆听着纯真。

08.08 15:58 ： 我选择糊涂，不是真糊涂，面对误解、委屈和不公正，只是不愿计较。

08.09 09:33 ： 低调，是一种修养的奢华，也是自信的奢华。

08.10 02:03 ： 清茗一盏，静读经书。

08.10 23:59 ： 在别人的愚昧中，也看到了自己的无知。看到别人的贪婪，也发现了自己的吝啬。

08.12 02:15 ： 心素从简。

08.14 01:01 ： 罗素：智慧始于征服恐惧。

08.15 01:15 ： 人生的路都是自己一步步走。真正能保护你的，也许是自己的人格选择和文化选择。

08.16 02:57 ： 不能把别人的恭维当作人生的最高奖赏，完全迷失在世俗的迷宫中。

08.17 10:15 ： 不必为别人的几句话而改变自己对自己的看法。

08.18 13:46 ： 骄傲与谦卑未必是反义词。

08.19 04:06 ： 繁忙中清静的片刻是一种享受，而闲散中紧张创作的片刻也是一种幸福。

08.20 02:42 ： 精神在蓬勃发展，肉体却在衰老。

08.21 03:44 ： 生命中许多深刻的体验必定是无奈的。

08.22 03:32 ： 对不可言说的，我们只能保持沉默。

08.23 00:03 ： 不迷恋大众欢呼，不羡慕英雄光彩，忘记世俗成就，心注内在，找禅者的初心，去理解存在的一切及一切的存在。

08.24 02:34 ： 让走远的步伐等等疲惫的灵魂。

08.25 00:35 ： 做父母意味着人生向你提出了一个要求：必须提高自身素质。

08.26 01:15 ： 哈佛女校长德鲁 · 吉尔平 · 福斯特：在醒着的时间里，追求你认为最有意义的。

08.27 01:33 ： 沉默，可以让混乱的心，变得清澈。

08.28 09:48 ： 有些事不是不在意，而是在意了又怎样。自己在此地此时尽力就可以，人生没有如果，只有后果和结果。

08.29 02:31 ： 洗尘净心。

08.30 09:00 ： 我不想变得深奥，于是去恢复本性的天真。

9 月

09.01 01:28 ： 当把目的作为手段，体验与享受过程才是目的。

09.02 03:49 ： 在静听夜雨中悟得禅意。

09.02 09:46 ： 身边好友的缺点你肯定也有，否则，他不会成为你的好友。

09.03 02:01 ： 荣格箴言：儿童的教养源于成人的修为而非说教。

09.04 01:49 ： 真实的、不可遏制的兴趣是天赋的可靠标志。

09.05 01:32 ： 世上读不懂的书、看不懂的画、听不懂的话，作者自己也不懂的占绝大多数。

09.06 02:55 ： 阿尔贝特·史怀哲那句名言：我忧心忡忡地看待未来，但仍满怀美好的希望。

09.07 06:14 ： 秋天是收获的季节，秋天也是反思的季节！

09.08 00:39 ： 佛恩浩荡。

09.09 02:07 ： 清辉满乾坤。

09.10 02:01 ： 自然的坦诚而潇洒，是最高最美境界之淡然。

09.11 00:49 ： 兰居幽谷，淡泊、孤独而芬芳；梅开偏隅，优雅、寂静而流香；水滴顽石，坚韧、遇阻而不滞。

09.12 01:01 ： 节俭，让生活更富有。

09.13 00:51 ： 秋色，我喜欢有豪迈的感觉。

09.14 01:02 ： 我们都是天地的过客，无数人与事，都做不了主。一切随缘，缘深多聚聚，缘浅随它去。

09.15 02:27 ： 在许多的犹豫中，你做对了一件事情，那就是勇敢上路，不要徘徊在许多假设性的框框里。只有不回避痛苦和迷茫的人，才有资格去谈乐观与坚定。命运不会厚待谁，悲喜也不会单为你准备。迷茫不可怕，说明你还在向前走。

09.16 02:44 ： 生活中，无论亲情、友情还是爱情，自然而然留在身边的，肯定很特别、很真、很长久。

09.17 02:44 ： 真正的耳聪是能听到心声，真正的目明是能透视心灵。

09.18 02:38 ： 做人，不要丢掉善良。同时，用自己喜欢的方式，活出开心快乐。

09.19 03:01 ： 踏实忙碌，开心快乐。

09.20 02:48 ： 总有时候，我们站到这样的历史开端，见到盛极一时的状况人物，这时候人人志得意满，忧虑遥不可及。但时间在我们心里埋下伏笔，人类无法永远保有成功与成就。

09.21 03:33 ： 站在历史的维度看待兴衰，并不妨碍我们投入日常生活，为短暂的成败努力。同样，身处日常的争斗中，也不妨碍我们抽身远望，以更宏大的视野看待胜败生死，以便更好地了解我们琐碎努力的长远价值。

09.22 22:21 ： 有些事，做了就做了，就不去想了，再想，心会烦；做人之美，在于简约；做事之美，在于利索；聚散之美，在于淡泊；心情之美，在于快乐。

09.23 02:19 ：《旧约·传道书》：一代过去，一代又来，地却永远长存。日头出来，日头落下。急归所出之地。风往南刮，又向北转，不住地旋转，而且返回转行原道。江河都往海里流，海却不满。江河从何处流，仍归还何处。

09.24 03:17 ： 想想，人能兴趣与事业一致，爱情与婚姻一致是多么的幸好。

09.25 02:21 ： 净慧长老法语开示：只有真正从心灵深处将对事物的种种界定、分别、妄想扫除干净，才能够真正见到诸法实相。

09.26 01:16 ： 罗素：要经常提醒自己，在茫茫宇宙中一个小小角落的一颗小小星球的生命史上，人类仅仅是一个短短的插曲，而且说不定宇宙中其他地方还有一些生物，他们优越于我们的程度不亚于我们优越于水母的程度。

09.27 01:54 ： 罗素：在遇到了佛教后，我才找到了慈悲与智慧的究竟正道，在解除人类痛苦和博大精深方面，佛法超过了其他任何一门学说，而且愈研究愈有兴趣。

09.28 02:59 ： 淡然于心，从容于表。

09.29 01:33 ： 林语堂：我总以为生活的目的，即是生活的真享受……是一种人生的自然态度。

09.30 02:19 ： 心累，就是常常徘徊在坚持和放弃之间，举棋不定。烦恼，就是记性太好，该记的、不该记的都会留在记忆里。

10
月

10.01 01:27 ： 我爱您 ——祖国！

10.02 01:37 ： 当我们付诸真诚去对待身边的人与事，不用去考虑将得到何种回报，静静地等待，一切都会是良善而来。

10.03 01:41 ： 滚滚红尘，无数忧伤，无数喜乐，说过的话，和经过的事，转眼都随了烟云。感叹，生活真的如水，就这样匆匆流逝。我们都在尘世的繁华与沧桑中，渐渐苍老。回首往事，渐行渐远。用无怨无悔的真心，记住每一份路过的温暖。无限感恩伟大的上苍与永恒的万物。

10.05 21:44 ： 云居真如，庄严宏丽；佛光普照，龙天钦仰。顶礼南无虚云老和尚！

10.06 00:48 ： 虚云老和尚开示：应无所住。

10.07 02:17 ： 境界：既简单而又不平凡，既平凡而又不简单。

10.08 01:40 ： 莫忘初衷。

10.09 07:20 ： 因为善良，所以宽容，因为责任，所以承担。因为看轻，所以快乐，因为看淡，所以幸福。

10.10 03:07 ： 一夕间，是秋风的清寒。秋天，追逐一抹金黄，邂逅一捧温暖，珍藏一份遇见。清了纸笺上的墨印，浅了岁月留下的痕迹，安静地倚在时光深处，看花开叶落，流年转换。也许，记忆，却是一片璀璨。然而，心头，已也无欢喜也无伤情，只静静地享受这片刻时光的清宁。

10.11 02:05 ： 走过山水，见过江湖；遇过真假美丑，尝过善恶甜苦。无论成功与失败，无论是喜悦与苦痛，都化作了深刻的理解和无尽的感恩。

10.12 00:15 ： 所谓的"我"，其实是一群变幻莫测的"我群"，每三秒钟就冒出一个新的"我"。因为我们具有同一身体、同样名字和习惯，因此，能保持我们有统一性的幻觉。

10.13 03:11 ： 本质是人与生俱来的天性，虚假个性是儿童在父母及文化的压力下从后天学来的种种行为和心理机制。然而，我们逐渐相信虚假个性是我们的本性与真正的身份，以致最后完全掌握了我们的生活。

10.14 02:04 ： 如果我们相信自己有意志，我们就可以为所欲为，根本不需要花力气培养真正的意志。这是一种沉浸在自我想象中的幻觉。

10.15 02:23 ： 也许我们不会改变多少现状，却可以改变自己对事件的反应。

10.16 02:15 ： 自我认识，省下想要去改造自己或他人的工夫与苦恼。

10.17 02:55 ： 主观意识和客观存在之间永存鸿沟。

10.18 03:15 ： 艾米莉·狄金森：我们能够猜出的谜，我们很快就瞧不起。

10.19 03:21 ： 要“记得自己”。我们常常知道自己身处何方，与谁在一起。但不记得自己，不记得自己在哪里。

10.20 00:45 ： 读一本书，在书中去追寻阳光，追寻信念，追寻心中的世界。

10.21 01:58 ： 诗人名句：在一粒沙中，我看到一个世界。也可以理解为：如果要想彻底认清一粒沙，就必须完全认识整个世界。

10.22 01:32 ： 从年轻时的“走向社会”，调整为现在的“走向自我”。

10.23 00:51 ： 斯宾诺莎：不要哭，不要笑，要理解。

10.24 01:11 ： 赵朴初的宇宙九规律四原则 ——九规律：因果规律、吸引规律、深信规律、放松规律、当下规律、二八规律、应得规律、间接规律、布施规律；四原则：不图报原则、爱己原则、宽恕原则、负责任原则。

10.25 00:59 ： 苏格拉底的箴言“认识你自己”是所有自我发展的基础，认识人的类型并了解本质与个性间的差异，是实际地进行自我工作的开始。

10.26 02:57 ： 原谅一个人是容易的，但再次信任，就不容易了。

10.27 01:32 ： 以佩服自己的心去嘲笑一下自己过往的肤浅与轻浮，只有经历了时间，才真正懂得生命的内涵与担当。

10.28 02:51 ： 人生，有什么样的观念就有什么样的人生，有什么样的想法就有什么样的生活！

10.29 01:30 ： 季节的转换，总会给我们带来视觉的惊喜，以致达到心灵的愉悦。

10.30 02:37 ： 高洁静雅，以一颗不惊不扰的心，静望着尘世的喧嚣，将悲欢和沧桑默默沉淀于心田。

10.31 03:04 ： 人一旦懂得感恩，心就会平和下来，因为感恩者知道人只不过是自然的一部分，我们应该谦卑地面对自然。

11 月

11.01 00:27 ： 拨开满天的云雾，让阳光满洒，让温暖满怀，散去薄凉，照亮灰暗，直抵灵魂深处。

11.02 02:19 ： 红尘烟雨，人生如戏。尽情地演绎着不同的角色，你方唱罢，我登场；我已离开，你却路过。人生，有纷扰，有无奈，是无法预计的，但可以以一颗平淡、平和、平常、平静的心去面对，别为难自己，也别为难别人。岁月不停流转，一切终将随烟云散尽，落幕成该有的结局，凡事自有定数，一切随缘随性随心。

11.03 08:06 ： 人有了慈悲之心，就会变得善良。人一善良，心就宁静。

11.04 04:18 ： 感恩是人的本性。我们感谢天，感谢地，感谢父母，感谢食物，是他们给了我们生命，并使生命得以维持。

11.05 03:07 ： 欣赏自己。每个人都有自己的了不起，你的优秀，不需要任何人来证明。做一个平静而善良的人。

11.06 02:53 ： 岁月永远年轻，我们慢慢老去，你会发现，童心未泯，是一件值得骄傲的事情。

11.07 02:42 ： 很多时候，宁愿被误会，也不想去解释，信与不信，就在一念之间。我向往这样的心境，不计得失。

11.08 04:09 ： 凡对事物及人过度的批判，都隐藏着自私的动机。

11.09 02:41 ： 暖一颗心，要多少年，凉一颗心，只要一瞬间。活着，就要善待自己。

11.10 01:34 ： 凡是顶着友谊名义的利益之交，最后没有不破裂的，到头来还互相指责对方不够朋友，为友谊的脆弱大表义愤。其实，所谓友谊一开始就是假的，不过是利益的面具和工具罢了。

11.11 03:02 ： 帕斯卡尔：我们由于交往而形成了精神和感情，但我们也由于交往而败坏着精神和感情。

11.12 03:07 ： 琴棋书画，闲情逸致。

11.13 00:26 ： 人之需要独处，是为了进行内在的整合。所谓整合，就是把新的经验放到内在记忆中的某个恰当位置上。唯有经过这一整合的过程，外来的印象才能被自我所消化，自我也才能形成一个既独立又生长着的系统。

11.14 00:32 ： 在一次长途旅行中，最好是有一位称心的旅伴，其次好是没有旅伴，最坏是有一个不称心的旅伴。

11.15 01:17 ： 冻雨霜叶从风飞，岩畔桂花破重云。禅洞年深闻妙香，安心无烦种白莲。

11.16 00:21 ： 野景寒影霜冻树，翠竹黄花雨中禅。悬岩泉边煮老茗，禅翁相伴到天明。

11.17 01:20 ： 岩顶飘叶煮老茶，一声狮吼骤寂静。禅翁白发掠我脸，才知伸手可摘星。

11.18 12:51 ： 抱膝苍顶观叶红，清磬一声野鹤归。俗意凡心清未彻，不知红尘几多深。

11.19 12:23 ： 优游静坐禅师房，度日随缘饮啄行。收卷云霞忘裁羽，清明本自一性然。

11.19 18:37 ： 十里松门风浩浩，千般万种雨疏疏。独坐独行谁会我，寂后缘心觉自出。

11.19 22:04 ： 寒雨潇潇树重重，茅舍凄凄夜沉沉。妄缘寂寂尘勃勃，淅淅泉声心明明。

11.20 00:22 ： 云卧深崖藏碧顶，松峦尽处远寺盘。黑狮镇守关房外，一榻茅棚亦安然。

11.20 01:21 ： 年深陋榻寒，卧枕冷炉边。默诵无烛夜，闻经大梦眠。

11.21 18:22 ： 身在孤岩坐，柴翁入禅痴。无人识寂伴，唯有数松枝。

11.21 18:24 ： 独坐白松下，悠然见终南。寒风明月夜，天地谁知禅。

11.21 18:45 ： 卧云深处一茅棚，白发禅翁衲衣风。湛若虚空常不动，任他沧海变桑穹。

11.21 20:21 ： 明月挂寒空，高山落水长。霜白阶下影，闲写换鹅经。

11.22 06:23 ： 云散长空雨过，空谷诸尘尽谢。寒重茅棚泠淡，狮吼一声静夜。木榻梦中空异，对酌亦无言戒。落影空花心止，回看妄想寂灭。

11.22 07:59 ： 雾封万壑松，落花雨过浓。俗尘难醒梦，凡世炼心融。

11.24 20:25 ： 屹屹老松青，腾腾素云霄。深山闲僧处，谁去蓬莱邀。

11.24 20:26 ： 古树盘径深，拨瀑岩下泉。鹊鸦相和唱，茅帜白云悬。

11.25 00:24 ： 岩上霜清树木，松遮雪夜茅灯。幽谷兰香馥馥，青案花黄蓬蓬。月浸窗前清淡，空花影落烟横。

11.25 02:07 ： 篷顶雨声凿凿，寒风破茅凛凛。榻边流水潺潺，禅师深眠呼呼。披蓑煮茗暖暖，屋内治水匆匆。

11.25 12:10 ： 风霜肃肃澄皓白，清磬徐徐出蔚蓝。妙处依然说无处，何需圣解继凡蛮。

11.25 15:35 ： 拨霞扫云雪，松柏掘石挪。冷暖阴晴忘，荣枯瞬间磨。

11.25 17:35 ： 满目烟雨带夕阳，高树苍岩云淡然。万种千般逐流水，闲人坐忘雾云间。

11.26 00:45 ： 淡淡轻风鸟声闹，瀌瀌寒泉月护关。枯石老松伴身闲，夜静独窗悟枯禅。

11.26 11:45 ： 晨光曦半狮峰岩，咒语声声应梵音。甘露普降罗汉洞，祥和景象万佛临。

11.27 09:50 ： 心心心不住，念念念有情。尘埃有埃尘，惆怅不怅惆。

11.27 11:10 ： 闲来情澹澹，息后思微微。舆道交心念，从缘感物灵。

11.28 11:33 ： 寂寂空山称野趣，声名甘苦淡薄情。随缘放旷放闲尽，深夜倚岩觉心明。

11.28 11:36 ： 闲行不语过松林，风啸那能动岳灵。非圣非凡天地走，浑然唯有我心宁。

11.28 11:39 ： 昨夜西风吹古树，冬崖埽叶炉火红。篷前煮茗禅师伴，喜鹊窗台残雪浓。

11.28 14:42 ： 苍苍悬崖赏黄花，浪迹秦岭为玩水。明月闲云成宾主，日日无事在浮生。

11.28 17:57 ： 夕阳烟霭自村村，云宿深时碧重昏。流水白云送归鸟，无人古路踏雪纷。

11.29 01:26 ： 人的一生在等待的时间很多。享受等待，享受等待的时间。

11.30 00:29 ： 在孤寂中寻找智慧，在孤独中从事创造，然后，把最好的果实奉献给世界。

12

月

12.01 01:53 ： 社会开放、文明。我们要保持正常思维，有尊严地生活与工作。

12.02 02:09 ： 挥霍，是把自己不珍惜的东西拿出来；慷慨，是把自己珍惜的东西拿出来。

12.03 02:46 ： 索尔仁尼琴：过度的信息，对充实的人是不必要的负担。

12.04 01:09 ： 甚至连生物都知道，当极度安逸和福利的生活对一个生命而言变得习以为常的时候，这将不再有利。

12.06 01:28 ： 宽恕是一味良药，你在宽恕别人的同时，也就敞开了自己的心灵，此时，你的内心没有了郁滞，气血也就通畅了。

12.07 02:53 ： 真正幸福的不需要晒幸福，真有钱的人无须炫富，秀恩爱的可能缺爱，夸自己善良的内心可能虚弱，真善良的都是有口皆碑无须自吹。

12.08 02:40 ： 很多时候的努力和挣扎，其实是对现实的逃避和抵抗。逃避就是视而不见，抵抗就是拒绝接纳。我们的能量都因为这样的反应而被浪费。

12.09 03:51 ： 除了知情权以外，人也应该拥有不知情权，高尚的灵魂不必被那些废话和空谈充斥。

12.10 02:29 ： 一个人必须明白，无论怎样，自己的路一定是由自己决定而且自己亲自走。所以，必须要深入了解自己的天赋能力。

12.11 03:12 ： 在匆匆流逝的时光中，我们生命中大部分岁月都在忙碌中度过，忙碌让我们无暇思考生命中的那些微妙差异与奇妙。

12.12 04:45 ： 人类在思考涉及自身的问题时，天生是个目的论者。在此意义上，人性场之所以分解为官场、市场和情场，完全起源于人类为释放和克制自己心理上的原恶的需要。

12.13 04:55 ： 处理事情很多不是时间不够，而是判断问题的心力不够。

12.14 00:05 ： 品德比名声更重要，自信与谨慎并不冲突。

12.15 02:56 ： 人应以正确方式展示自己的能力，愉快接受不可控制的事物，不能渴望我们无法控制的东西。

12.16 02:05 ： 家，很平淡，只要看见亲人的笑脸，就是幸福的展现；爱，很简单，只要彼此挂念，就是踏实的情感。

12.17 01:57 ： 泰戈尔：不要试图去填满生命的空白。

12.18 04:10 ： 所谓了解，就是知道对方心灵最深的痛楚，以及痛在哪里。

12.19 04:21 ： 在人的灵魂与美德都得到升华的同时，身上也沉淀了没被升华的渣滓。

12.20 02:00 ： 人像树一样，越想冲向高处和明亮处，根就越要向下、向泥土、向黑暗、向深处。

12.21 07:16 ： 那些，心甘情愿的在乎与守候，终会在红尘深处尘埃落定，成为生命里最美的山高水长。

12.22 01:41 ： 净慧长老法语：身心世界怎么改变呢？一定是从每一件具体的小事做起。冲一杯茶、扫一片地、洗碗、擦桌子，用具体的行为来回报每一个成就我们的人，用慈悲心、用爱心来对待世界上所有的存在。

12.23 04:49 ： 世界上有多少人，就会走出多少条不同的生活道路。

12.24 01:04 ： 喝杯茶，今天又过去了。

12.25 02:16 ： 艺术家不应该刻板地遵守原则，即使是自己定下的。如果做不到，就是做不到，就是那样，找这样那样的理由都会导致更大的错误。

12.26 02:46 ： 泰戈尔：当你为错过太阳而哭泣的时候，你也要再错过群星了。

12.27 00:58 ：《易经·系辞》里讲："小惩而大诫，此小人之福也。"在事情还没有发展到不可挽回的阶段，及时受到惩戒，实际上是一种福气。

12.28 02:41 ： 亚里士多德说过的一句话值得反复回味：幸福属于那些容易感到满足的人。

12.29 00:35 ： 不能过着那种人与人之间的相互撒谎和哄骗的“优雅”生活。

12.30 00:58 ： 我一直在寻求孤独的生活河流、田野和森林，我在逃避那些渺小、浑噩的灵魂。我知道不可以透过他们找到那条光明之路。

12.31 02:20 ： 叔本华：要么庸俗，要么孤独。

2013 年，工作室

252

253

二〇一五年

1 月

01.01 01:39 ： 在新的一年里，上天一如既往会赐给我们机遇，挑战，勇敢，智慧和好运，愿我们相互帮持，一起走过精彩的日子，度过神采的时光，成就荣耀，实现梦想。愿2015 平安快乐！如意吉祥！

01.02 01:31 ： 跟与己不同的人进行频繁的交往会扰乱心神，并被夺走自我。

01.03 00:07 ： 我相信知识之发生，皆来自于天真的惊奇之心。

01.04 00:21 ： 生命自体的面对，是一种不可遏抑的焦虑之情。消除焦虑，我相信唯有以崇仰之情而进入道德或宗教的世界。

01.05 02:48 ： 其实，所谓现实，即是一种片段或片面之停滞。

01.06 02:41 ： 励志是什么？励志就是把自己的伤口展示给别人去看；热血是什么？热血就是在自己的伤口上撒上盐给别人去看。

01.07 03:43 ： 内圣外王：所谓内圣，在于以人而知天至天；所谓外王，是指以天的理想而行之于人人。

01.08 01:11 ： 可接受一切的包容，即体会到空无的存在。

01.09 02:55 ： 所有的哲学史都是哲学的工具。

01.10 01:10 ： 越是话多之人，往往挚友不多，主要原因是话多总易误伤旁人。

01.11 02:08 ： 由于自身内在的欠缺，平庸的人喜好与人交往，喜欢迁就别人。这是因为他们忍受别人要比忍受他们自己来得更加容易。此外，在这世上，真正具备价值的东西并不会受到人们的注意，受人注意的东西却往往缺乏价值。

01.12 01:01 ： 心讲得太明白，别人会减少了与你交心的兴趣。

01.13 01:37 ： 佛说，与你无缘的人与他说话再多也是废话，与你有缘的人你的存在就能惊醒他所有的感觉。

01.14 03:28 ： 礼乐节和之间，皆为求人性至大之本源而已。

01.15 03:37 ： 忧郁是一种纯正的美学。

01.16 04:00 ：（汉）王充语："疾虚妄，求实诚。"意即真正的艺术无非是去世俗而保其性灵之真实罢了。

01.17 02:28 ： 临山而知天，临水而知变。

01.18 02:55 ： 净慧长老法语开示：我们总是在感受外界的诱惑和干扰，不能感悟禅。只要我们排除干扰，让心安静下来，你会感到禅就在当下。一旦悟透了禅机，我们的精神生活就会非常充实，物资生活就会非常满足，感情生活就会非常真实。

01.19 00:43 ： 古人说“入门须正，立意要高”。

01.20 02:54 ： 人生需要留白。那些人生的留白，让你看起来更为丰富。

01.21 03:56 ： 尼采：一切美好的事物都是曲折地接近自己的目标，一切笔直都是骗人的，所有真理都是弯曲的，时间本身就是一个圆圈。

01.22 03:34 ： 山中老者：心地无私天地宽。在这个世间，人海茫茫，其实个人只不过是人海中的一个微不足道的泡沫而已。虽然这个泡沫曾经存在过，只是瞬间即逝。因此，我们不要过分看重自我，要将心量放宽些，要有如同大海一样的心量，私欲就会少一些，快乐就会多一些。

01.23 03:49 ： 不争、不辩，无畏、无惧。

01.24 04:42 ： 很多人不需要再见，因为只是路过而已。遗忘就是我们给彼此最好的纪念。

01.25 03:50 ： 在平凡的生活里，谦卑和努力。

01.26 05:04 ： 完全、真正的内心平和和感觉宁静。

01.27 03:25 ： 马丁·路德·金：到最后，我们往往记住的，不是敌人的攻击，而是朋友的沉默。

01.28 04:05 ： 我们总是像智者一样劝慰别人，像傻子一样折磨自己。

01.29 02:52 ： 米兰·昆德拉：永远不要认为我们可以逃避，我们的每一步都决定着最后的结局，我们的脚正在走向我们自己选定的终点。

01.30 01:43 ： 要知道，你理想的高度，决定了你生活的高度。因此，理想对于生命至关重要。或许，有的理想实现了，也有些理想在困难面前停滞了，还有些理想在别人的质疑和嘲笑声中放弃了……其实，人最宝贵的财富，都不是成功时拥有了什么，而是在通往成功的路上经历了什么。

01.31 03:04 ： 大多数事情，不是你想明白后才觉得无所谓，而是你无所谓之后才突然想明白。

2月

02.01 04:30 ： 宗教、哲学、艺术、科学 ——是经济发达以后的深度文明之必然发展。然而，应以深度文明来指导政治与经济发展，而非以政治与经济之手段来控制深度文明。

02.02 04:28 ： 哲学不论写到多么深刻而广大的程度，生命本身就有比它更加广大而深刻的部分存在着，或一如自然本身之存在着。

02.03 05:38 ： 其实，无论怎样，昨天都不会重复。

02.04 03:12 ： 克里希那穆提：真正的自由，不是外在的，不是别人给你的，而是一份自由的心情，一份自己给自己的悠闲自在的感觉，无论外在的环境如何。

02.05 03:12 ： 格桑多杰法王开示：世尊时时刻刻提醒我

们，贪心重的人是饿鬼道，愚痴重的人是畜生道，瞋恚重的人，就是嫉妒心重的人，傲慢心重的人，都是地狱道。所以三途恶道很容易去，人道是特别的难。得人身最大的好处就是佛在人间教学，人间成佛、成菩萨最容易，天上难，难在哪里？天上乐，乐多苦少。

02.06 03:33 ： 自己感动了自己。

02.07 04:57 ： 艺术在时间中的苦索。

02.08 11:04 ： 福克兰定律：没有必要做出决定时，就有必要不做决定。

02.09 01:39 ： 什么是卓越？卓越就是可以不受眼前干扰，一意孤行，保持最高方向和最佳状态，无论艰辛与痛苦。

02.10 02:14 ： 你能得到多少，往往取决于你能知道多少和有能力做到多少。

02.11 02:40 ： 人的精神需求的最高层次是理性的思考。

02.12 02:33 ： 生活本不苦，苦的是欲望过多；身心本无累，累的是背负太多。再苦，用微笑把它吟咏成一段从容的记忆；再累，都要用当下的遗忘，穿越红尘而波澜不惊。

02.13 01:59 ： 习惯以微笑面对得失。曾经以为非我莫属的东西，事后发现并不重要；曾经以为没我不行的事情，原来别人可以做得更好；曾经以为荣誉地位无比重要，原来这些也是负担。看似不求进取，无所事事，却清心自持，淡然人生，品位生命。

02.14 02:15 ： 独自去承受内心的苦闷与压力，原来也是一种生命的高质享受。

02.15 01:27 ： 不知从什么时候起，不恋虚荣不再自负了。

02.16 00:17 ： 人到中年，沧海桑田。

02.17 01:22 ： 杂乱无章的思维，不可能产生有条有理的行动。

02.18 05:31 ： 原谅对手，原谅敌人，原谅朋友，更重要原谅自己，宽容自己，匆匆人生一世，没有什么是不可以原谅和宽容的。

02.19 00:24 ： 三阳开泰。

02.20 08:24 ： 拉罗什富科：不管人们怎样炫耀自己的伟大行动，它们经常只是机遇的产物，而非一个伟大意向的结果。

02.21 00:51 ： 布莱希特：有人用感受去思想，有人用思想去感受。

02.22 01:26 ： 大气是一种忍让。不轻易拿自己的涵养挑战别人的浅薄。

02.23 01:34 ： 人类不是为了吃饭而活着，而是为了活着而吃饭，人在解决了温饱之后，就会追问宇宙的奥妙和人生的意义。然而，艺术、宗教和哲学是人类追索这类问题的途径。

02.24 01:01 ： 不要在意别人在背后怎么看你说你，因为这些言语改变不了事实，却可能搅乱你的心。

02.25 02:39 ： 现在看来，可持续的创新实际上是用人才和钱财砸出来的。

02.26 01:00 ： 世事变幻，往事淡淡如烟。

02.27 01:04 ： 德国管理学家赫尔曼·西蒙说，历史上几乎所有的重大革新都是在公司，而不是在国家层面产生的。

02.28 00:32 ： 弗洛伊德：精神健康的人，总是努力地工作及爱他人，只要能做到这两件事，其他的事就没有什么困难。

3 月

03.01 01:20 ： 明海大和尚：我们的心里有很多的停留、很多的住着、很多的执取，很多在意，很多在乎，当把这些执着、执取、在意、在乎放下，我们就能够做时光的主人了。

03.02 01:43 ： 钱钟书：神秘主义需要多年的性灵的滋养和潜修……要和宇宙及人生言归于好，要和东方和西方的包含着苍老的智慧的圣书里，银色的和墨色的，惝恍着拉比的精灵的魔术里，找取通行入宇宙的神秘处的护照，直到——直到从最微末的花瓣里窥见了天国，最纤小的沙粒里看出了世界，一刹那中悟彻了永生。

03.03 01:53 ： “天人合一”，可以理解为既顺天又应人。

03.04 03:40 ： 罗伯特议事规则：不质疑动机——不能以道德的名义去怀疑别人的动机。（因为：一、动机不可证；二、要审议的不是某个人而是某件事，对动机的怀疑和揭露本身就是对议题的偏离；三、利己性是人类共有的本性，在不侵害他人和社会利益的前提下，追求利益最大化并不为过，指责他人动机毫无意义。）

03.05 04:38 ： 天助己助者。

03.06 03:49 ： 仔细研究就会发现，中国人讲话是既不欺骗，也不说实话，只说第三种话，就是妥当的话。

03.07 03:06 ： 情感攻势之后，理性才是实际解决问题的工具。

03.08 02:17 ： 保罗·格雷厄姆：反驳分为七个层次，最低三个层次是谩骂、以人废言、批评对方的态度和语气。属于情绪宣泄的非真意的反驳。余四个层次分别是 ——一、只提出异议不提供论述和依据的反对；二、用论据和推理来支撑自己的异议的反驳；三、引用原文并指出其谬误及解释其错误的反驳；四、针对原文主旨和大意论述其谬误的反驳。

03.09 01:57 ： 常年的孤独，是为了与美好的相遇。

03.10 02:44 ： 情商最高的行为是对最熟悉、最亲切的人，仍然保持尊重和耐心。

03.11 01:14 ： 人只要有一些追求的热情、学习或训练，总会对艺术或美学，得到某种程度的爱好、感动或了解的。

03.12 03:33 ： 因为太多的争辩，而失去了内心的平静。

03.13 03:20 ： 林肯：最好是让路给一只狗，不要和它争吵，以免被它咬。因为即使杀了狗，也治不好你的咬伤。

03.14 03:49 ： 一个真正艺术家的目的绝不在于形式或画面，而在于内容或生命的存在，甚至是需要靠创作而活下去。

03.15 03:28 ： 孤独让人变得出众。但凡那些才华横溢、有所作为的人，都是会享受和利用孤独的人，在孤独中积蓄能量，在不孤独的时候爆发或绽放；但凡那些害怕孤独，成天在饭桌、酒桌、歌厅里寻找存在感的人，一定都会淹没于芸芸众生。

03.16 02:43 ： 贪婪是人的本性，欲望只能被无限刺激，却永远无法满足 ——这是人的劣根性。

03.17 04:16 ： 醉心艺术，诚心宗教。

03.18 02:09 ： 柏拉图：一个人的启蒙教育能够决定他未来的一生。

03.19 02:47 ： 柏拉图：耐心是一切聪明才智的基础。

03.20 03:25 ： 富兰克林：愤怒起于愚昧，而终于悔恨。

03.21 02:32 ： 疲倦的时候，沐浴在暖心的诗行，诉说着未来的畅想。望天空，云舒云卷。

03.22 02:16 ： 自愿的贫困比不定的浮华过得幸运。

03.23 01:43 ： 伍迪·艾伦：无论悲伤有多深切，也不要期望同情，因为同情本身包含了轻蔑。

03.24 02:07 ： 伍迪·艾伦：如果你不是经常遇到挫折，这表明你做的事情没有很大的创新性。

03.25 04:14 ： 要有能力使自己所用的每一个字，都成为完全属于自己之成功而有效的字，而不是背诵。使自己是在真正的人性中活着，而不是活在一些杂乱而浮泛之经验现实之中。

03.26 00:20 ： 世俗的事物只要深入，就导入矛盾中。甚至，方法愈精确，矛盾愈清楚。

03.27 03:06 ： 人之存在，并不在于获得，而在于要求。

03.28 01:40 ： 其实，许多事物无不在模棱之中。

03.29 02:18 ： 人假如想要控制外在的事物或人，那就必须要先控制自身才行。然而，当发现别人与自身都难以控制时，唯一可做的，即彻底节制，即道德，即同情与爱。于是人从此不再设法控制别人、驾驭别人，而只想在同情与爱的基础上，设法用一切使别人更快乐些、更充实些，同时大家都活得更好些。

03.30 03:44 ： 人之牺牲、超越、成圣等，被人称为伟大的事物，其实很多时候在那个真正这样做着的人来说，根本不是因为这件事之伟大的本质而去做它；相反，可能是由于一种哑口无言之情由或因为无所选择，因为所有的人都是太卑微的。

03.31 01:03 ： 所谓世俗，并不是对某一件事、某一行为而言，而是针对一种态度。

4

月

04.01 03:51 ： 对于忠于我的生命、我的理想，我唯有沉默与忍耐，其他一切都不是。

04.02 04:58 ： 知识可骗人，因它可以在形式上自圆其说。

04.03 03:21 ： 智慧无处不会发生，才能无处不会成长。

04.04 02:44 ： 假如我不做，别人说我小气；假如我做了，别人又说我多事。假如人和人之间能充分诚实而且彼此信任，就什么问题都没有。但我们活着，只能有此信念，却不能要求确有其事。

04.05 03:55 ： 人世是没有完美这回事存在着，完美只存在于我们的要求与幻想中。

04.06 13:14 ： 许多所谓争辩，是在隐含着连自己都不能知晓之存在的情形下，在做一种无所不知之茫然的争辩。

04.07 05:36 ： 人假如一定要做什么，多半是由于不得已。

04.08 04:51 ： 人的全部能力根本不是在创造，而只是在发现，甚至连发现也不是，而充其量是在分析。

04.09 00:21 ： 接受利益的时候，同时也接受了道德的教育。

04.10 00:42 ： 用自己的认知去评论一件事，往往都不如意。因为认知有局限性和倾向性。

04.11 02:46 ： 明智的人因为有话要说才说话，愚蠢的人则为了必须说话而说话。

04.12 01:50 ： 真正的道德，会使人达到真正精神的自由。

04.13 01:46 ： 在人类历史上，每个时代都会出现这个时代的代表人物。动乱年代，英雄辈出；崇高年代，圣人临世；平庸时代，低俗横行。

04.14 00:58 ： 人站在不同角度，会得出不同结论。

04.15 02:59 ： 防别人不如修自己，人对天、地、人、神要有敬畏之心，特别是对于已经逝去的长辈和伟人。

04.16 01:15 ： 抚琴，无关梦想、天赋与荣耀，是生命与灵魂的栖息。

04.17 01:05 ： 既想脱离现实之骚扰，同时又怕空无一物时之彻底孤独的情境。我们既怕绝对孤独的情境，却又在以极大忍耐之心情想去超越自己心中的恐惧。

04.18 01:43 ： 爱因斯坦：人的差异产生于业余时间，业余时间能成就一个人，也能毁灭一个人。

04.19 00:58 ： 很多人自己没有信仰却号召每个人都要道德完善，以蒙蔽心灵为荣，以启迪心灵为耻，让灵魂在财色的欲望中堕落。

04.20 02:40 ： 璀璨的星辰不会因为阴霾而失去存在，也不会因为我们闭上眼睛而消失。

04.21 02:12 ： 抬头仰望星空会给予我们力量。

04.22 01:35 ： 节制与任性，在人的存在中，是两个最模糊不清的名词。在人活着的过程中，人往往不是因节制而节制；相反，人却往往是因任性而节制的。

04.23 02:11 ： 喜欢从一个新的空无到另一种新的有，不想获取一切，只想获得我心中要的感觉。

04.24 02:34 ： 有感觉而不被感觉所限，有思想而不被思想所限。

04.25 01:57 ： 在现实中，技术永远是胜利的。

04.26 03:01 ： 很多事情都是那么真实但又有所不知。

04.27 06:25 ： 心如果乱了，一切就都乱了。理解你的人，不需要解释；不理解你的人，不配你解释。

04.28 02:02 ： 此时此刻，安安静静，淡淡然然。

04.29 02:58 ： 虚晃的理想时常掩蔽了人的心眼。

04.30 02:15 ： 懒惰是人性中最不能原谅的过失。

5

月

05.01 02:51 ： 所谓教养，就是对大家或他人有利，而自己又可帮忙的事，尽量于默默中去做。但不可以任何去侵犯他人，甚至连任意的拜访都不行。

05.02 03:04 ： 表达是一种分析的虚假。顾了形式，就是牺牲真实。

05.03 10:42 ： 要令一颗混乱的心复归于平衡。

05.04 02:24 ： 把道理讲得通，往往因为和自身无关。

05.05 01:25 ： 从很多种人群中走过，我更喜欢沉默了。

05.06 04:27 ： 一切保留在我们心灵中的事物，都是一种观念。

05.07 09:58 ： 任何一种真实的梦幻，都有一种特殊的光感。

05.08 03:51 ： 所谓冷暖自知，真能自知否？如真能，即无所谓冷暖了，已超越。

05.09 02:58 ： 只有强的人才能宽厚地接纳别人比自己强，只有善的人才能发自内心地欣赏他人。

05.10 03:09 ： 淡淡的心，如春水一般潺潺流淌，远离喧嚣，轻诉时光。微笑着寻觅那一程走着的思考着的未知之路。

05.11 00:46 ： 世间最无私的关怀是娘心，人世最无价的情感是母爱。向伟大的母亲致敬！

05.12 01:51 ： 真正的清明即能忍受更大的孤独，并活在不可言喻的愉悦之情中。

05.13 03:10 ： 在高速度高科技之现代社会中，人先求得一种好的心情与身体而活着。然后再把古典高理念之道德理想填进来，作一种文明之修饰词，这应是普遍可接受的事。

05.14 09:28 ： 只有真的情感，才是人间真正宝贵的东西。

05.15 02:48 ： 深度思考比勤奋工作更重要。

05.16 02:59 ： 真正的宗教，重要行为是一种牺牲、沉默、忍耐。

05.17 02:45 ： 为了什么价码的人和事怄气或执拗，就配什么价码的苦难和荣耀。

05.18 09:30 ： 沉默、坚定。

05.19 02:06 ： 学会感恩，并习惯于朴素、低调、低碳、简单的生活，在平静当中感受到自由、幸福与愉悦。

05.20 13:02 ： 无论懂事淡定的现在，还是很傻很天真的过去；无论温暖而淡然的如今，还是悲伤而不安的曾经。这些都是生命历经的美好。

05.22 01:18 ： 有了退路谁都平庸，没有退路谁都卓越。人生终极快乐是在有为、无为中成长与超越。

05.23 02:34 ： 科学有思考与方法，艺术有经验与情感，哲学是统合与智慧，宗教有真正的方便与解决。

05.24 01:15 ： 别急着判断他人的说法是对或错，先聆听、再思考。

05.25 04:13 ： 使人类向善的唯一可能，不是道德的教条与真理的传授，而是使他获得关切与安慰。

05.26 16:03 ： 面对成功，坦然从容！面对失败，沉默执着！

05.27 15:05 ： 证严法师静思语：有困难就是能力不够，有麻烦就是方法不对。

05.28 02:09 ： 没有真正自我的阅读，就不知道天下与历史的深度，知道的只是媒体和网络上的浮浅信息。没有个性，因为一生没有选择和经历过真正的历险和艰难。

05.29 17:17 ： 没有了信仰的维系，人与人之间必然丧失最基本的信任，甚至，最简单的信仰契约精神都丧失。

05.30 15:29 ： 世上没有不辛苦的工作，也没有一处人事不复杂。

05.31 21:09 ： 仰首是秋，俯首是春，在这俯仰之间，青春飞逝，流年飞转，人生如梦。

6 月

06.01 17:50 ： 钱穆：认识你的时代，带领你的时代。

06.02 16:47 ： 谦卑的人不固执己见，会虚怀若谷地聆听他人的言论。

06.03 15:47 ： 一个利益在前，道德在后的时代。金钱、地位、权力，已经成为世人争相追逐之物。我们所追求的，理应是较名与利更能持久的东西。

06.04 18:10 ： 一个温馨的家、简单的衣着、健康的饮食，就是乐之所在。

06.05 19:13 ： 一个信息爆炸、是非难辨的时代，事情往往不是表面看来那么简单。

06.07 03:10 ： 其实，当下很多人不是痛恨特权，而是痛恨自己无法得到特权。

06.08 00:44 ： 每一个时代应该有它一个理想，由一批理想所需要的人物，来研究理想所需要的学术，干出理想所需要的事业，来领导此社会，此社会才能有进步。

06.09 02:23 ： 应不负此生。

06.10 00:45 ： 客观地对待事物，开门见山直奔要害，理清混乱的思想，弄清复杂而摒弃无关。

06.11 02:08 ： 每一个时代，不愁没有追随此时代的流俗，而时代所需要的，则是能领导此时代的人物、学术与事业。

06.12 03:38 ： 假如拥有高尚的情操、过着俭朴的生活、存谦卑的心，生活必会非常充实。

06.13 02:15 ： 梦参老和尚：进一步怨深似海，退一步海阔天空。忍让一下，多找自己的不足，莫向外求。先要求自己的心态平静，这就是修最勇猛的忍辱了。真正的大英雄都修忍辱的。人我之间的事情，你不要管别人如何对待你，你只要用慈悲心待一切众生如佛，那就是大修行了。

06.14 02:24 ： 前方，总有智者圣人贤人达者在引领着我们去往更璀璨光芒的生命维层。

06.15 01:30 ： 带正知正见去生活，努力让内心强大，无须在意众声喧哗。

06.16 02:36 ： 证严法师静思语：有事就有烦恼，若要做事，就必须先下决心 ——绝对不怕烦恼。

06.17 01:35 ：《历史“轴心时代”》：古希腊的哲学家在希腊海边思考的时候，印度的哲学家在恒河的岸边打坐，中国的哲学家在黄河的岸边散步。而且他们有分工：希腊哲学家主要是考虑人和物的关系，印度哲学家主要是考虑人和神的关系，中国哲学家主要是考虑人和人的关系。

06.18 01:45 ： 宗教不能功利化，掺杂太多功利的信仰造就了实际上的无信仰。

06.19 07:23 ： 不管我们属于世界上哪个国家，总是认为我们自己的民族比所有其他民族都优越。其实，每个民族都有自己特有的长处和短处，但是，我们习惯性把自己的价值标准加以调整，以便证明自己民族的长处是真正重要的长处，而其缺点相对来说则微不足道。

06.20 00:20 ： 有人的地方就有江湖；有智商的地方，就有争斗。

06.21 02:06 ： 人与人的游戏，其实就是自己笑笑别人，别人笑笑自己。

06.22 02:27 ： 我们的痛苦，源自无止的欲念、无尽的攀比、无休的争斗。让欲望淡些，让心态宽些，宽容能松弛别人，也能抚慰自己，宽容会使你随和，别用自己的生命点燃别人眼中的光环。多数人认为勇气就是不害怕，其实，勇气是尽管你感觉害怕，但仍能迎难而上；尽管你感觉痛苦，但仍能直接面对。

06.23 00:58 ： 淡泊，不是没有欲望，属于我的当仁不让，不属于我的，难动其心。以淡泊的态度对待生活中的繁华和诱惑，每晚让自己的灵魂安然入梦。

06.24 02:35 ： 把股市从经济学范畴与投资学范畴跨越到

人文学和艺术范畴，可能也是一种新的文明。

06.25 02:07 ： 在高峰，看到自己身上的伤痕，忆起孤单的长途，升起了愈来愈真切的渺小感。

06.26 02:21 ： 梁漱溟：苦闷的来源，在于心地不单纯。

06.27 03:22 ： 忘记过去不等于从未存在，忘记的越多你收获的可能就越多。

06.28 03:03 ： 美国前总统艾森豪威尔的儿子约翰：我父亲从来不浪费一分钟去想那些他不喜欢的人。

06.29 02:18 ： 我喜欢着现在的自己，正在褪尽曾经的幼稚。

06.30 00:37 ： 反省自己的自身语意，努力做一个做事有节、内心有爱的人。

7
月

07.01 01:15 ： 应当及时地清理自己的心灵，然后继续生活！

07.02 04:17 ： 苦口未必是良药。

07.03 03:19 ： 人与事物总有着可珍重的初心。

07.04 02:52 ： 阅读就是阅读，是一种生活方式，是一种精神操练。

07.05 02:32 ： 流氓文化的特点就是没有过去，没有未来，只顾眼前。

07.06 02:17 ： 等待合适的时间在合适空间做合适的事，是一种境界。

07.07 03:23 ： 当我们愈有能力进行生命的观察，我们就愈无法拿任何形象的事物，来说明它的存在与意义，甚至包括一个生命形象的本身。

07.08 03:53 ： 思想永远在感觉之后，它永远都不可能是感觉中任何问题的解决者。

07.09 02:11 ： 质疑是净化头脑与心灵的要素。

07.10 03:23 ： 让紧张的脑袋去享受优质而又深沉之静谧。

07.11 01:56 ： 伏尔泰：在这世上，不值得我们与之交谈的人比比皆是。

07.12 02:29 ： 明晰的哲学头脑与由于学识渊博而升华的鉴赏力，这是多么值得赞叹的身体所承载的高贵灵魂在闪耀。

07.13 02:33 ： 由欲望而产生的任何行为，无论是高尚的，还是低下的，都是有限的、扭曲的。

07.14 01:51 ： 当欲望向往欢愉的渴望时，必将创造混乱与不幸。然而，欲望也是驱动人类前进的动力，它创造引发了无数对人类有用的事物与事件。

07.15 01:51 ： 我们可以学习的只是有限的东西，无法学习无限的东西，因为无限是无法用语言来衡量、用文字来记载的。

07.16 03:31 ： 无论宗教和科学多么合理与值得信仰，甚至非常具有逻辑性与一致性，然而对未知的恐惧依然存在。

07.17 02:00 ： 困难的事，往往是机会所在。

07.18 03:55 ： 有时真的需要一种自我信任来宽恕自己。

07.19 02:20 ： 要节制与无必要的人交往，使心灵平静。

07.20 01:22 ： 在困难中增长见识，提高能力，磨炼心智。

07.21 04:19 ： 当意识到自己的局限性时，人就会变得宁静、沉默。

07.22 03:04 ： 思想可能改变一切，但是，无法改变人类。

07.23 02:30 ：无论时间走得多么缓慢，都无法被控制。

07.24 03:20 ：清空思想，茶禅心月。

07.25 02:25 ：史蒂夫·乔布斯曾经说过，他愿意用自己所拥有的全部科技，换取和苏格拉底相处的一个下午。

07.26 02:37 ：批评伟人容易获得快感。

07.27 03:27 ：马克思：任何理论皆有时代的局限性。

07.28 02:10 ：现在很多专家勇于在自己并不擅长甚至完全搞不懂的领域里大肆发表荒谬的见解。

07.29 00:41 ：《摩诃婆罗多》：人在创造中走向愚昧！

07.30 02:28 ：太重视物质法则的解读，必然忽略精神维度存在的深意。

07.31 01:12 ：天下并没有为方法而方法的艺术，都只是一种过程、一种训练、一种节制的可能。

8 月

08.01 03:07 ： 神圣的宁静可以唤起高贵的灵魂。

08.02 02:03 ： 读古籍发现掌握着惊人科技知识的古人，似乎就喜欢像陶渊明一般过隐居者的生活，忘记物质世界的烦忧，享受内心之中的恬淡与惬意。

08.03 01:45 ： 我们不能问人类完成的成果，我们只问人类努力的程度。凡是真正在努力的人，都是神圣的。

08.04 01:57 ： 在科技发达的 20 世纪迫于自己的科学研究成果而承认：若上帝和灵魂存在也未尝不可。

08.05 02:33 ： 人世间的获得，若和我们向生命拼命地追求所经历的努力与困苦来比，简直算不得什么。

08.06 01:23 ： 人完全按照他的身体与四周的环境而活着，尤其是自然环境，谁也超不出它的范限。

08.07 02:12 ： 过分的理想与过分的现实，均是过分人为的独断主义。

08.08 02:47 ： 东方精神败落在于虚伪，西方精神败落在于野蛮。

08.09 01:37 ： 一切真正的斗争的背后，都必含有一种人性的较量。

08.10 04:12 ： 天下之世俗，真可以说是排山倒海，把人逼得快喘不过气来了。

08.11 02:23 ： 如无法知道事实与真相，最好是能把持自身原有的原则与信心。

08.12 01:27 ： 真正的清明即能忍受更大的孤独，并活在不可言喻的愉悦之情中。

08.13 02:37 ： 饶毅：在你所含全部原子再度按热力学第

二定律回归自然之前，它们既经历过物性的神奇，也产生过人性的可爱。

08.14 03:02 ： 在荒谬中如何生存，在绝望中怎样忧惧。

08.15 03:09 ： 从许多经典的书籍发现古人似乎很怀念被我们称为野蛮时期的年代，他们渴望回归原始的纯真。

08.16 02:48 ： 马克思：辩证法在佛教中已达到很精细的程度。

08.17 01:23 ： 做人，不要丢掉善良。有些话，能不说就沉默，藏在心里更适合；有些伤，能不揭就放下，无声忘记更明智。

08.18 01:45 ： 理性的庄严。

08.19 01:10 ： 爱因斯坦：没有宗教的科学难行走，没有科学的宗教是盲目。

08.20 00:38 ： 没有任何经验可以告诉我们未来一定如何。

08.21 02:22 ： 人天性渴望求知，但往往在求知的时候借着原始的本能、靠着感觉产生一些印象，并视为真理的全部。

08.22 01:11 ： 时间，沉淀真的情感；风雨，考验最暖的陪伴。

08.23 01:10 ： 水淡则清；人淡则乐。

08.24 00:12 ： 守拙与藏晖。

08.25 00:32 ： 要培养静心等待时机成熟的那份情绪，也要确保等待之外的努力与坚持。

08.26 00:11 ： 废话有时可以不称其为废话，也可以成为一种精神。

08.27 00:28 ： 在匆忙中保持心中的那份宁静。

08.28 01:00 ： 现代社会能够与灯红酒绿、人心浮躁的现代都市相抗衡的，是沉默无言、厚重博大、蕴意深长的自然界。

08.29 00:47 ： 一个人的尊严和体面皆是来自于个人的学识与修为。

08.30 01:50 ： 灵魂，且仅是灵魂，决定了人类无可比拟的高贵。

08.31 00:27 ： 牛顿当年炒股照样血本无归。他曾说：我能预测天体的轨迹，但无法探明人类的贪婪。

9 月

09.01 00:18 ： 体会到慷慨之心以及随之而来的利他主义行为给人的温暖与幸运。

09.02 00:36 ： 尊重是最好的教养。

09.03 01:05 ： “人民英雄纪念碑”背面碑文：三年以来，在人民解放战争和人民革命中牺牲的人民英雄们永垂不朽！三十年以来，在人民解放战争和人民革命中牺牲的人民英雄们永垂不朽！由此上溯到一千八百四十年，从那时起，为了反对内外敌人，争取民族独立和人民自由幸福，在历次斗争中牺牲的人民英雄们永垂不朽！

09.04 00:38 ： 习近平：正义必胜！和平必胜！人民必胜！

09.05 02:26 ： 微笑并不总是说明你是快乐的，有的时候，它也说明你是坚强的。

09.06 02:21 ： 契诃夫：有教养不是吃饭不洒汤，是别人洒汤的时候别去看她。

09.07 03:18 ： 苏格拉底：没有经过反省与检讨的人生，是不值得过的。他认为，人只有不断地探索和质疑，才能找到真正的智慧。

09.08 03:13 ： 很多观点都是情绪化的，或者说自身利益驱动的结果。

09.09 03:14 ： 在权势面前才能显示出知识分子的风骨与良知。

09.10 01:33 ： 按当下在世俗层面上获得成功，就是力求跟聪明的人聊天，全心跟靠谱的人共事。

09.11 01:12 ： 厚道不是方法，虽然可以当作方法来训练自己，它是人的本性。厚道不一定得到厚道的回报，但厚道之为厚道，目的不是图回报，是经得起考验的高尚品格。

09.12 01:36 ： 文明之真正目的唯在于人类更好地生活与生存，至于一知一论之事绝不是文明或哲学之终极目标。

09.13 00:41 ： 丰子恺：既然无处可逃，不如喜悦。既然没有净土，不如静心。既然没有如愿，不如释然。

09.14 00:58 ： 胡适：为什么要读书？有三点可以讲：第一，因为书是过去已经知道的知识学问和经验的一种记录，我们读书便是要接受这人类的遗产；第二，为要读书而读书，读了书便可以多读书；第三，读书可以帮助我们解决困难，应付环境，并可获得思想材料的来源。

09.15 01:41 ： 柏拉图认为，善是爱情的本原。

09.16 00:18 ： 人与人，多一份理解就会少一些误会；心与心，多一份包容就会少一些纷争。

09.17 01:16 ： 有些事，需忍，勿怒；有些人，需让，勿究。

09.18 02:43 ： 看到，成就了庞大商业帝国的人，总在大众都看不懂的时刻，用误解为自己换取发展的时间。

09.19 03:06 ： 几十年的老友，已经不需要形式、不需要客套、不需要多余的语言，有空就聚，没空就各忙。

09.20 02:26 ： 理想的文明都有双轨制系统：一向属形式性的现实，一向属存在性的理想。

09.21 01:32 ： 一个真正古老、成熟并具有哲学深度的文明，每逢到了时代或文明大转换的关键时刻，必有大智者出，绝不以一时一艺之事为务，而是力挽狂澜，以全史观的大选择，以历史大求源的基础，以务其历史千年理想大展现的可能性。

09.22 03:38 ： 在紧张的心理空间，涂抹着淡定修辞的浓墨重彩。

09.23 01:40 ： 不要以自己的眼光和认知去评判一个人。

09.24 03:03 ： 所谓理想，无非是一种自然或生命整体性表现的力量或基础。人类文明中一旦失去它，等于失去了文明的原创能力，或即失去了生命与自然本身。

09.25 03:02 ： 生活的累，一小半源于生存，一大半源于攀比。

09.26 01:28 ： 怀特海：实在即是历程。

09.27 02:41 ： 千百年来，古今中外，没有一个人是因为财富众多而被人们长久纪念的。能留存于民间的名声，几乎全部来自于个人的德行与公共行为。

09.28 02:16 ： 云天皓皓，美善荡荡；宇青月满，佳节欢度。

09.29 02:15 ： 守正与创新。

09.30 03:08 ： 努力的意义是什么？是为了看到更大更好的世界，是为了可以有自由选择人生和享受人生的机会。

10

月

10.01 02:10 ： 用一种宽容、舒适和诚实的方式接受自己。

10.02 02:10 ： 用平淡的生活，去堆积成一个个平庸而又精彩的故事，启动感动着我们的生命与心灵。

10.03 00:59 ： 人到中年，一杯好茶，一颗清静心。静静地守望着平淡的幸福。

10.05 01:14 ： 瞬间的云淡风轻。

10.06 02:48 ： 苏东坡《南华寺》：云何见祖师，要识本来面。亭亭塔中人，问我何所见？可怜明上座，万法了一电。饮水既自知，指月无复眩。我本修行人，三世积精炼。中间一念失。受此百年谴。抠衣礼真相，感动泪雨霰。借师锡端泉，洗我绮语砚。

10.07 01:37 ： 人到中年，用心触摸生活的平淡。

10.08 02:01 ： 止语是修行，无言是境界，好辩是执着。太多争辩，失去内心的平静。

10.09 00:43 ： 做好三件事：知道选择、明白坚持、懂得珍惜。

10.10 10:29 ： 美好源于懂爱。

10.11 01:27 ： 东奔西走竭力想去改变的不是别的，恰恰是自己。学会看世事繁华，淡定人生心态。

10.12 00:55 ： 静好的岁月，总有无法忘记的印记 ——那些温暖而醇美的记忆，那些温馨而熟悉的话语。

10.13 01:24 ： 专注于深不可测之生命之沉默之情。

10.14 02:49 ： 成熟源于磨砺。

10.15 02:20 ： 给秋冬一个华丽的想象。

10.16 03:22 ： 休谟：自我只是一束知觉。

10.17 04:14 ： 任何高度的灵感，都隐含着高度的方法。

10.18 02:18 ： 给人留空间，给己留尊严，包容别人是宽恕自己。

10.19 01:01 ： 随季节流转，在秋的深处徜徉，不惊扰繁华，不论悲喜。风起随风，云落淡然，趟过高山流水的缓急，在百花山顶峰白草畔上，看群山环抱奇峰连绵，溪水潺潺奇花异草，长岭松涛石林花径，云上绿野，百草仙山。吟一曲云水禅心的清逸。

10.20 02:18 ： 背不动，放下；伤不起，看淡；想不通，不想。人生，是一个修炼的过程。

10.21 02:10 ： 舒口气，身心放松一下，恢复继续工作的精力。

10.22 03:18 ： 生活中，能有，很好；没有，也没关系。

10.23 02:39 ： 将许多旧事在光阴的深处轻轻放下。

10.24 02:02 ： 让自己改善自己的品位，去除自己的成见。

10.25 04:44 ： 创新：将颠覆自己变成一种习惯。

10.26 02:13 ： 夜雨，行走在 798，忆起早年的攀比与张狂、浮华与追逐，多么苍白，多么造作，是一种掩饰。此刻的深秋，拜别患得患失，去寻求深刻与深植。然而，数着时光，依旧有一些念想，飘落在心上。

10.27 03:51 ： 有无数美好的遇见正在路上，有无限的温暖温馨正在靠近。

10.28 02:59 ： 实相真理，不争辩而默然观照。佛祖拈花，迦叶微笑。以心印心，当下相契。沉默、禅定，体悟空性的般若，回归更深的醒觉与自由。

10.29 01:43 ： 证严上人：对别人不要计较，对自己要好好检讨。

10.30 02:27 ： 杨绛：我们曾如此期盼外界的认可，到最后才知道，世界是自己的，与他人毫无关系。

10.31 02:25 ： 尽量简化生活，也许那些被挡住的风景是最适宜的追求。

11
月

11.01 02:20 ： 叔本华：一个人只有在独处时才能成为自己。

11.02 02:58 ： 微风吹着一支三十三层阳台的兰花，听着涓涓的水流，喝着金色的川岩江茶，俯瞰团结湖碧绿寂静的湖水，遥望着京城 CBD 的夕阳，听着从智利回来的灵性诗人讲着聂鲁达的森林和码头。在淡淡的光阴里，用内心的淡定与从容抒写着这个金秋最惬意的诗行。

11.03 03:18 ： 不管你经历多痛的事情，到最后都会渐渐遗忘。

11.04 01:09 ： 孔子：思无邪。

11.05 02:48 ： 别听别人说你好，要在生活中有所作为，必须消除需要得到赞许的心理。

11.06 01:44 ： 世界之光是人的灵性。世界的幸福仰赖人类，而人的幸福仰赖灵性。

11.07 01:07 ： 谦卑而自信。

11.10 02:20 ： 世界的一切，不是无缘无故的，任何人任何事，都有原因和理由。任何人都有不为人知的喜怒哀乐。

11.11 01:31 ： 消除消极思想，给自己机会，放弃惯性思维，去置身新领域。

11.12 03:15 ： 人生比努力更重要的是选择。

11.13 03:56 ： 微笑地看着周围的一切。

11.14 04:58 ： 星云法师：嘴有多贱，命就有多贱。

11.15 02:36 ： 证严上人静思语：不要让境界影响我们的心，心要能控制境界，这就是“定力”。

11.16 01:56 ： 经常诘问自己，同时相信自己有可行之道。

11.17 02:12 ： 每人有每人的需求、梦想与价值。

11.18 00:24 ： 读书，不仅学知识，而是学习学习的能力。因为现实没有一种知识可以适应世界的快速变化。

11.19 01:54 ： 不带偏见、牵强、矫情、固执，学会放弃，生活会更容易。

11.20 01:01 ： 世界没有这么好，也不是那么坏。可做的，在环境允许的情况下，善待所有人。在环境不允许的情况下，爱护好真正在意的人。

11.21 01:21 ： 不讨论别人修行的好坏，把别人作为镜子而反射自己的不足，在不足中修炼自己。活着，就是修行。

11.22 02:53 ： 拥有聪明的天赋，还要找到近乎愚蠢的干劲。

11.23 01:43 ： 养成不抱怨、不批评、不讲闲话的习惯，去寻找可以带给你某种支持的力量，去改善自己的精神面貌。

11.24 03:10 ： 亚里士多德：人类天性渴望求知。

11.25 00:57 ： 很多时候，回头看看让自己苦不堪言的郁闷、忧愁、纠结、焦虑，其实都是自己和自己在较劲。

11.26 01:23 ： 时时要去寻找自我和证明自我。

11.27 03:39 ： 做人不要解释，是智者的选择。

11.28 03:48 ： 沉默，看落花飘零，风轻云淡；仰视，听世间万物，寒来暑往；充满意义、充满爱的生活是美好的。

11.29 03:18 ： 不能站在自己的立场上去看待甚至指责别人。凡事不要说得太绝对，看问题不要太过主观。每天坚持尽最大努力做好自己该做的事情。

11.30 03:53 ： 人生最艰难的事情，往往不是那些惊天动地的大事，而是在平凡日常生活中的坚持。

12

月

12.01 03:39 ： 对先人要有敬畏之心。

12.02 04:26 ： 理性的观想，明智的人生，领略爱智的趣味。

12.03 02:57 ： 心，静，坐着，无憾这冷暖的尘与世。风清月朗，月下，茶，老茶老屋老友。情怀放逐。

12.04 03:23 ： 清空思想，深度自觉，从观察、倾听到产生禅悟。

12.05 02:21 ： 体会到庄子的“神圣的客愁”。

12.06 03:58 ： 达畦活佛：每晚睡前，原谅所有的人和事。闭上眼睛，清理你的心，过去的就让它过去吧。无论今天发生多么糟糕的事，都不应该感到悲伤。一辈子不长，用心甘情愿的态度，过随遇而安的生活。晚安！

12.07 02:18 ： 平淡如水的君子之交，在温情暖如和风里，一切随缘，以清明的良知，让大家平和地生活在一起。

12.08 01:59 ： 证严上人：学佛，就是要学会，及时改正错误的观念。

12.09 03:55 ： 普罗泰哥拉：人是万物的尺度。

12.10 03:33 ： 我们要懂得精神灵性、自由信仰，以及心智健康，不能停留在专注于动物本能对性和食物贪婪的那点可怜的欲望上。

12.11 04:25 ： 休谟是这样给财产权下定义的：在不违反正义准则和道德公平的范围内，允许一个人自由使用并占有一个物品，并禁止其他任何人这样使用和占有这个物品的一种人与物之间的关系。

12.12 03:41 ： 马斯洛：增强自信的生存需要，塑造良好的品格，创造美好的人生境界。

12.13 01:46 ： 多宽容，少指责；多掌声，少攀比。尊重本心，不迷信权力和财富，用务实和执着，去耕耘与奋勉。用淡然的态度，做好当前的事。用真诚的心，善待面前的人。用无为的态度去实现理想，用有为的精神去寻找梦想。然而，人生最重要的不是努力，也不是奋斗，而是抉择。切记，佛说："一切皆心造。"活着，就是修行。

12.14 02:48 ： 微笑的魅力。

12.15 02:20 ： 两千多年来，从诸子百家、释迦牟尼，到苏格拉底、伊壁鸠鲁，对人类应该如何生活的醒觉，对寻找美好生活之真谛的渴望，从未停歇。终究应如何生活，或许我们永远都找不到答案。

12.16 02:34 ： 只要生命是存在的，不论我们在生命的过程中，将经历多少文明性之考验、挫折、矛盾与吊诡等等，人类终必向生命本身而回归。

12.17 01:43 ： 奥维德：男人也需要温柔。

12.18 02:14 ： 帕斯卡尔：人只不过是一根芦苇，是自然界最脆弱的东西，但他是一根能思想的芦苇。

12.19 03:26 ： 在缘起缘灭规律的设定中，在时间与空间的转换中，也许一切都将是最好的安排。

12.20 03:11 ： 儒家讲忠恕：忠，不偏不倚的诚信执着对待；恕，如对待自己的心一样宽恕他人的一切。

12.21 04:16 ： 荣格：潜意识的力量远比意识大。

12.22 03:07 ： 要接受竞争但更要体现风度与学养。

12.23 02:29 ： 五四运动时候，北大校长蔡元培辞职时放话：大家别劝我，让我走，不过是君马一匹。若你爱我，不要鼓掌。反复鼓掌，只是让我累死，反而害我。

12.24 03:51 ： 不评价别人的好坏，因为他们并不影响你的生活。不评价别人的情操，因为你不见得比他更高尚。不评价别人的情爱，因为和你没有什么关系。不评价别人的出生，因为所有人的出生都不是自选的。

12.25 13:34 ： 充分休息也是运动的延续。

12.26 04:29 ： 积极思考遇到的一切问题，学会感恩。感恩能带给我们最单纯的快乐。

12.27 00:54 ： 要尊重自己与允许自己有人的正常情感，包括积极和消极的情感。

12.28 04:09 ： 学会沉静、思考、选择，拥有信念、睿智、自由。

12.29 02:45 ： 真正的爱，是灵魂的相依为命。

12.30 00:47 ： 罗素：强烈爱好使我们免于衰老。

12.31 00:53 ： 纯净纯粹真挚的爱，是绝对的奉献。除了爱，没有任何其他目的，不来自于怜悯与同情。

2014 年，画室创作

322

323

二〇一六年

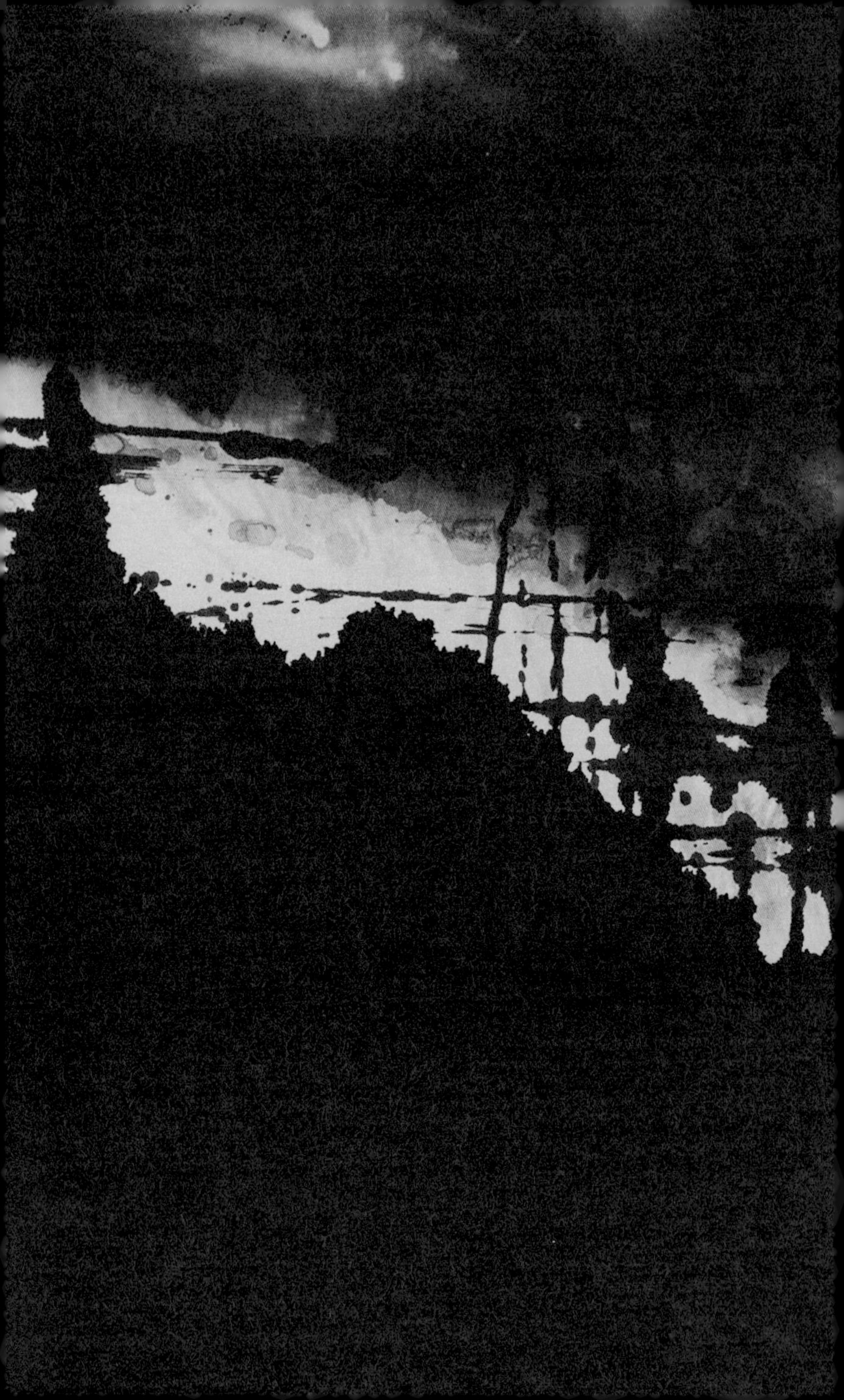

1
月

01.01 03:27 ： 一元复始，万象更新。祥和天地间。

01.02 02:54 ： 罗素：谨慎是美好人生的一部分。

01.03 02:21 ： 叔本华：我们信任别人，在很大程度上，是出于我们本身的懒惰和虚荣心。

01.04 02:04 ： 求有知性与道德的自主性。

01.05 02:22 ： 善藏于心。

01.06 02:12 ： 休谟认为，如果对哲学或常识所提出来的用来阐明美丽和丑陋的不同的一切假设进行认真的考究，就不难发现，所有这些假设都归于一点：美丽是一些部分的秩序和结构，它们因我们本性的原始组织、习惯或爱好而使心灵产生愉快和满足感。而丑陋自然是倾向产生不快的，美丽和丑陋的所有不同便在于此。

01.07 04:20 ： 罗兰夫人：我认识的人越多，我越喜欢狗。

01.08 04:02 ： 惶者生存，惊悚者生存。

01.09 02:33 ： 王阳明认为，自省才能自明。

01.10 03:13 ： 当毫无节制的权力邂逅无限膨胀的贪欲，将会是荒诞的可怕。

01.11 01:41 ： 梁实秋：你走，我不送你；你来，无论多大风多大雨，我要去接你。

01.12 02:11 ： 海明威：优于别人，并不高贵，真正的高贵应该是优于过去的自己。

01.13 02:53 ：《菜根谭》：攻人之恶勿太严，要思其堪受；教人之善勿过高，当使其可从。

01.14 03:36 ： 王阳明认为，少一些机心，少一些痛苦。

01.15 04:16 ： 徐志摩：如果真相是一种伤害，请选择谎言。如果谎言是一种伤害，请选择沉默。如果沉默是一种伤害，请选择离开。

01.16 09:02 ： 所有势力一旦外部的压力消除，内部立刻就分化。

01.17 10:30 ： 叔本华：无论什么情况下，都不要给予一个刚认识不久的人过高的赞誉，否则，你很有可能会大失所望，因此而惭愧甚至受到某种伤害。

01.18 05:59 ： 痛苦，让意识觉醒。

01.19 09:04 ： 培根：嫉妒恐怕要算做人类所有情感之中最顽强、最持久的情感了。

01.20 02:59 ： 人是渴望爱与被爱的。无论是崇高或丑陋。人无论好坏，在心性深处，都仰望与尊崇爱。

01.21 02:33 ： 无善无恶心之体，有善有恶意之动。知善知恶是良知，为善去恶是格物。——王阳明心学最高概括之“四句教”。

01.22 03:22 ： 常常抱怨生活对我们不公平，其实生活根本不知道我们是谁。

01.24 06:59 ： 世界上没有什么过不去，只有自己和自己过不去。

01.25 02:00 ： 古训：心小了，小事就大了；心大了，大事都小了。

01.26 02:48 ： 很多痛苦，回头看看，其实都不算事。

01.27 02:36 ： 犹太人认为，保护家庭，就要首先保护妻子；尊重家庭，就要首先尊重妻子。

01.28 05:06 ： 守正出奇。

01.29 03:21 ： 五台山梦参长老：请把骄慢转成谦恭卑下。

01.30 04:57 ： 许多伟大创业者的灵感来自于人们忽略的细节。

01.31 02:59 ： 没那么多观众，就别那么累，不会每次都牛B。

2 月

02.01 02:09 ： 证严上人静思语：成功，是依靠坚忍的力量，并非仅凭一点血气一时的冲劲而侥幸得来。

02.02 05:30 ： 一盏茶，洗尘埃，去沧桑。一盏禅茶，获坦然，得宁静，喜清淡。共续遗留在前世的禅茶之约。

02.03 07:26 ： 遵道统，尚自然，敬天地，孝父母，爱妻儿，则近道矣。

02.04 07:31 ： 一个民族、一个国家、一个城市、一个家族是否有尊严，是否值得人家尊敬，要看这个民族、国家、城市、家族里的平凡人能否得到自己人的尊重，是否拥有普通人应有的尊严。

02.05 01:44 ： 浩浩荡荡，蓬蓬勃勃，春天交响始，阳和起，万物皆春。

02.06 01:56 ： 弹指流年，人生起落，沧海桑田。人与人之间的很多缘分如同一杯茶，极为短暂，应淡然拿起与坦然放下。

02.07 01:11 ： 在平凡平淡、寻常朴素的日子里，能偎依、温暖着我们的心灵的人或事，是世间最好的珍贵与珍奇。

02.08 00:41 ： 迎金猴，金生水起。接玉宇，彩霞披耀。世运昌明，四海同喜庆。瑞猴熙闹，五湖共欢声。

02.09 02:35 ： 心中无缺叫富，被人需要叫贵。快乐不是一种性格，而是一种能力。

02.10 01:49 ： 把美作为一种生活态度是多高的境界。

02.11 01:08 ： 西格蒙特·鲍曼：主宰一个社会的就两种东西：主流意识形态和大众文化。

02.12 02:17 ： 享受独居的喜悦，也能享受群聚的快乐。

02.13 00:23 ： 所有路都是旅途，人生没有弯路。

02.14 06:09 ： 从人的丑陋的劣根性中看到善良与可爱。

02.15 00:35 ：《The Secret Life of Walter Mitty》(电影)：认识世界，克服困难，洞悉所有，贴近生活，寻找真爱，感受彼此，这就是生活的意义。

02.16 01:24 ： 与人保持良好的关系，需要教养与宽容。同时也能让自己身心更快乐，身体更健康。

02.17 02:35 ： 极端的声音最能俘获庸众的拥护和欢呼。

02.18 04:11 ： 奢华和教养。时时与他人相比，向外求胜，自然就倾慕奢华；时时求自己进步，向内求安，自然就有了教养。

02.19 04:56 ： 罗曼·罗兰：世界上只有一种英雄主义，那就是在直面世界的真相后依然热爱它。

02.20 04:08 ： 再好的缘分也经不起敷衍，再深的感情也需要珍惜眼前。善待善缘，珍惜爱惜情缘。

02.21 04:29 ：（宋）邵雍：美酒饮教微醉后，好花看到半开时。这般意思难名状，只恐人间都未知。

02.22 03:21 ： 祖师云："不经一番寒彻骨，哪得梅花扑鼻香。"

02.23 02:43 ： 智者说："伟大的人永远是单纯的。"我相信，人应有智慧而常怀单纯而且善良的心。

02.24 04:40 ： 国家的疆界，是战争的结果。

02.25 02:13 ： 庄子，出世主义者。可与世人往来，但不问世上的是非、善恶、得失、喜怒、贫富，甚至生死。达观，一切只要正而待之，只要"依乎天理，因其固然"。虽在人世，却和不在人世一样，求"形骸之外"。

02.26 06:04 ： 人精神上的快乐与物质上的快乐，都需要平衡。没有绝对精神上的快乐，也没有绝对物质上的快乐，走向极端的任何一边，都可能导引出一种不健康的生活。

02.27 05:57 ： 信仰，一定经得起人的怀疑。

02.28 06:13 ： 喜欢将心事深埋心底，去自然中寻觅那份淡然。往事随风而去，回忆终是美好。

02.29 19:58 ： 我们可以缓下脚步，少吃一点，吃素一点。学会淡然，学会等待，等待花开，等待果熟，等待不同季节的不同食材，等待一道食物用心料理。让等待变成一种态度，一种心态，成为生活的信仰，为人的新价值。

3
月

03.01 20:00 ： 茶在等人，人在等心。

03.02 03:11 ： 许多事情，该怎样，就怎样。等待它顺其自然的发生，结果会更好。静观其变，是一种能力；顺其自然，是一种幸福。

03.03 04:22 ： 要懂得孔子的学说，必须先懂得孔子的时代是一个邪说横行、处士横议的无道时代。正为天下无道，所以他才去栖栖遑遑地奔走，要想把无道变成有道。

03.04 01:50 ： 教养，让人会变得高尚。同时，让你成为一件无与伦比的奢侈品。

03.05 05:05 ： 纷争源于自私，罪恶因于贪念。以人类占有的空间与宇宙的浩瀚相比，渺乎其小；以人类生存的时间与宇宙的永恒相比，一瞬即逝。我们应该做的，是求人与人之间、人与物之间、人与自然之间的和谐与共生。

03.06 03:09 ： 用淡淡的思念去化解身边的烦恼，用淡淡的微笑去赶走心中的惆怅。

03.07 06:00 ： 慎独，一个人在没有外在监督的情况下，严于律己，不违背道德规范。慎独是一种修养与情操。慎众，一个人在外界环境的诱惑驱使、干扰甚至压力下，恪守自己的行为准则，以自身的行为意识为主导。所以，相比于慎独，慎众更难把握且更具备现实意义。

03.08 06:03 ： 有比较之心就是缺乏自信。有自信的人，对于自己所拥有的东西，是一种充满而富足的感觉。

03.09 04:21 ： 多少缘，从相濡以沫到相忘江湖；多少情，从海誓山盟到萍水相逢。人生的收获就是珍惜。笑中带泪都关着情，思念与怜惜都连着心。

03.10 03:20 ： 流年滚滚，尘世喧嚣。佛说："万物于镜中空相，终诸相无相。"当我们经历了世间春夏秋冬的更替，经历了风霜雨雪，学会安之若素、随遇而安，学会像一盏茶，尝得起先苦后甜的况味。品茶不语才是美。一杯茶，不必如唐诗浓烈，也不必如宋词盛丽，向往魏晋隐逸之风，清淡寂静。

03.11 03:09 ： 茶是一种茶缘，在不同的地点不同的空间与不同的人谈不同的话题品饮不同的茶茗守候着不同的缘分。求善缘与善心。

03.12 04:53 ： 今天社会是多元的，思想的多元、利益的多元、社会的多元，甚至政治、文化的多元。多元不是撕裂、不是对抗，而是要创造空间，让多元的利益、价值能够获得基本的共识，和平相处。

03.13 04:53 ： 韩非子的功用主义和墨子的实用主义大旨相同，但前者比后者激烈些，成极端的功用主义。后来他的同门弟兄李斯真把这学说当真实行，遂闹成焚书坑儒的大劫。极端狭隘的功用主义是大害。

03.15 02:58 ： 老子：“绝圣弃智，民利百倍；绝仁弃义，民复孝慈；绝巧弃利，盗贼无有！”老子的主张应属极端的破坏主义。对于国家政治，主张极端的放任。“治大国若烹小鲜。”然而，此时世界大国的博弈不能用老子的主张，应是求睿智与力量的博弈。

03.16 02:56 ： 信仰本身是生命的一个过程，它没有终结点。

03.17 04:03 ： 凡是极端自我的人，没有一个不抱悲观的。

03.18 09:39 ： 对于人生方式的追求，远比物质重要。

03.19 02:30 ： 大宝法王：在薄情的世界里，深情地活着。

03.21 03:03 ： 一旦找到了自己的价值感，才发现人其实不需要太多物质。

03.22 03:25 ： 适当的孤独是自我清理和省觉的力量，能听见内心最想表达的声音，这种孤独是有力量的，能让你拥有别人没有的内省。

03.23 03:26 ： 一个人不能做物质的奴隶，但他的人格、性情、教养，或许可以借着物质散发出来。

03.24 04:00 ： 叔本华：一切的努力和欲望皆为迷误。

03.25 00:59 ： 茶，在磨炼中积淀，在烈日下发芽，在骤雨中成长，在疼痛中分离，在烈焰上焙制，在岁月里沉静，在沸水中涅槃。经历重重苦闷，方能香溢甘甜。

03.26 02:11 ： 八大山人：不要鹤立鸡群，要远离鸡群。

03.27 11:51 ： 庄子：得而不喜，失而不忧。

03.28 02:23 ： 王阳明：万化根源总在心。

03.29 09:20 ： 很多时候由于柔弱，所以想要成为坚强。如果有一天你放弃想要成为坚强的野心，你会突然发现柔弱也随之消失了。

03.30 01:41 ： 如果没有觉知，那么只有两个可能性：不是压抑就是放纵。其实，在这两种方式下，都处于枷锁和被奴役之中。

03.31 02:06 ： 对待物品的态度应脱离炫耀和攀比，这样，物品就会回到物品的本身，能为我们的生活服务，让我们生活得更美好。

4 月

04.01 01:36 ： 爱因斯坦：空间、时间和物质，是人类认识的错觉。

04.02 02:23 ： 真正的健康必须发生在意识：要清明，要和谐，要欢喜，要慈悲，要感恩。

04.08 03:12 ： 月夜清溪洗芳尘，梨玉槐花恋墨池。倚得云端茶半盏，轻语和风入酣时。潇潇夜雨伴琴声，妄语清心千秋茫。落叶时觉寒风重，禅茶待月扫心堂。岩上随风乱经书，松前枕墨待天明。卧炉煮雪清凉梦，端坐光明自在清。

04.08 03:14 ： 高河横野万浪奔，静看夜窗千雨丝。百转千回犹梦醒，江湖万里逍客痴。

04.08 03:15 ： 风雨浊江暮，彩虹送扁舟。高楼千酒尽，潇洒少年酬。吾心秋月朗，碧水澄禅堂。无物堪此意，如何又何妨。阶前黄叶敝，柿子染枝霜。秋雨缠绵夜，枯灯洛神赋。

04.08 03:19 ： 灯前帘卷南风，月下竹影花香。陋室德馨意象，禅茶一味俱空。天上风云浩荡，人间松柏常青。宇宙深藏沧桑，岁月无声有灵。

04.08 03:19 ： 天风吹籁出希声，岁月流痕有无中。人间万象浑如幻，静观老松长青青。松下访禅乌影斜，黄花老树一壶茶。秋山瘦韵君独赏，月动寒岩生风华。

04.08 03:20 ： 窗前叶飘零，疏枝红柿盈。竹影婆娑夜，静听一卷经。古寺夜幽清，掩扉观沧溟。山空云冉冉，松风伴月明。素茶涵至味，金桂夜来香。南山明月夜，高山流水长。雪掩南山路，南山不可御。老树意苍苍，经寒又几度。窗外秋雨寒，了无心参禅。烹茗飨静夜，遽尔自安然。

04.09 01:38 ：《清平乐》：孤寂旷野，夜空泛绝静。一声鹤唳破风至，伴我琴音禅茶，屋前黄雨层层，窗外翠丝青青。轻按琴音妙谛，禅师熬煮茗酊。

04.09 01:39 ： 已忘凌云志，松风知情深。黄花缠翠竹，笑看所有人。

04.09 01:39 ： 雨霁色天清，藏经阁中坐。时光随风至，破我执中惑。心如菩提树，蕴空般若卧。浮云对我在，物我已相陌。

04.09 01:40 ：《西江月》：花前月下亭边，老树翠竹灯光。花语不独席茶醉，喜逢好友在旁。日月朝朝时时，天高地阔徜徉。有缘揭谛菩提下，红尘原来道场。

04.09 01:40 ： 寒山面壁听雨声，木火熬茶出药香。秃笔一椽春来赋，竹叶万片唤晴芳。

04.09 01:42 ：《清平乐·咏春》：浮雾散去，天气晴朗明。黄花翠竹水盈盈，悠然心喜春情。春莺啼煞春来，三月东沟竟生。万朵迎春花绽，江湖相忘清风。

04.09 01:43 ： 四面青山，朝晖夕阳，茅棚松下，静魄寒凉，窗前月影，满面清霜，落夜空花，馥枝兰香，淅淅泉声，勃勃石锵，月色凌娟，黄叶正芳，妄缘寂寞，谁在苍茫，一片闲云，不知何将。

04.10 02:05 ： 萧伯纳：人生真正的快乐，在于对自我认同之崇高理想的不懈追求。

04.11 00:33 ： 吴晓波在《大败局》里写的一句话："商业，就本质而言，是一场关于幸存者的游戏。"

04.12 01:59 ： 哲人无忧，智者常乐。

04.13 02:11 ： 爱因斯坦：宇宙中一切物质都不存在，唯有精神永恒！

04.14 01:30 ： 在得意忘形的时候，别忘了上帝手里还有一半的命运。

04.15 01:30 ： 安安静静，简简单单，平平淡淡，踏踏实实，一杯老茶，一块蛋糕，清空一下乱绪。然后，生活继续，日子照过。

04.16 02:10 ： 吕蒙正：嗟呼！人生在世，富贵不可尽用，贫贱不可自欺，听由天地循环，周而复始焉。

04.17 00:19 ： 邱阳创巴仁波切：当你完全的温柔，没有傲慢，没有侵略，你将看见这个宇宙的光芒。

04.17 13:26 ：《西江月 · 禅房夜雨》：夜雨落英缤纷，春波涟漪静湛。泉浮碎月不相忘，相对无言嗟叹。空看翠竹光影，客来仙扉叩问。禅房四壁寂清空，谁纳从容风慢。

04.17 13:26 ：《西江月 · 夜访古寺》：寒夜深沉古寺，枯枝竹影青藤。琴声伴我禅茶味，双鹊相鸣春风。松下无言烛月，玉阶此夜无朋。明心见性菩提念，清茗养性陶翁。

04.17 13:27 ：《七律 · 禅话》：茅棚清夜续世缘，普洱经年熬陈皮。前世相约今应在，终南茶里论菩提。谦卑闻过靠一念，般若化缘无劫期。三昧禅茶慈悲水，觉时忏悔心门启。

04.17 13:27 ：《清平乐 · 无障》：醉写书画，恣意闯丹青。痴汉未改红颜艳，百事山重水复。无人柳暗花明，鹊鸟凯旋凌霄，黄花翠竹即佛。元我从风无障，人间气象曾经。

04.17 13:28 ：《清平乐 · 心悟》：心烛如定，几许伴君行。心有灵犀通神意，无边智慧自盈。心锁自开自解，红尘劫数有定。心中佛咒一念，觉处便是清明。

04.17 13:30 ：《西江月 · 子夜吟诗》: 铁勾银画精神，力透床宣道魂。子夜吟诗月徘徊，慧智顿开心纯。天天笔耕累果，时时心悟句箴。吾有灵犀思敏捷，妙语连珠无痕。

04.17 13:31 ：《沁园春 · 隐士》: 终南春早，青空万涛，千籁谐生。碧水印金毫，霞映翠苑，鸟逐柳梢，古树如烟。苍岩若衮，翠屏白雾，绝尘隐士宿云朝。辞俗艳，欣然褪荣锦，分外逍遥。层叠流水潺，叶落流消，影随心游，松风月下，人间天上，静心对无言。坐看山中岁，弹指流年。

04.17 13:34 ：《壹日清吟》: 辰时，心得二王雅，笔下千世尊。文章无古意，止语对禅茶。午时，蝶点幽兰香，荷藏游锦偈。难得清闲日，诸事懒中歇。申时，紫藤依静窗，伏案牡丹争。环顾皆福田，不见疑云生。酉时，笔墨浸秾华，雍容典雅浮。谁谈前世缘，不念红尘初。戌时，虚空纳百清，相坐禅茶痴。顿悟执迷破，随处慧落时。子时，持经香溢处，子夜聚仙尊。问我浮云梦，难得自在身。寅时，梦里乾坤逝，身如山河新。心中菩提树，般若种福因。

04.17 13:39 ： 松涛竹海丈岩边，沉香琴里寂清谋。苍穹送我千峰雨，去洗人间万古愁。

04.18 03:01 ： 无钱，把人做好。有钱，把事做好。在一个是非难辨的时代做一个谦卑而高尚的人，过着俭朴的生活，让时间来铸造自己的生命质量。

04.19 02:08 ： 好好活着就是成功，百年之后，再美丽的语言也无法沟通，再华丽的物质也无法享用，来一趟人间真不是那么容易……所以，身边的人们要相互珍惜，避免争执、斗气，好好说话，好好做人，好好生活，好好休息，好好睡觉。相互理解，善待亲人、朋友、爱人，善待一切。珍重亲情，友情，爱情，珍惜真诚的一切。

04.20 08:05 ： 林语堂：捧着一把茶壶，把人生煎熬到最本质的精髓。

04.21 05:04 ： 南怀瑾：人有三个基本错误是不能犯的，一是德薄而位尊，二是智小而谋大，三是力小而任重。

04.22 10:00 ： 默契，直观。

04.23 23:32 ： 大业三杯酒，红尘一壶茶。

04.24 02:10 ： 智者懂放下，愚人会放弃。

04.25 03:44 ： 追求有良知的快乐与有人性的科学。

04.27 04:48 ： 人皆向往自由，从艺术到神学是自由抵达的最高境界。艺术家求行为自由，哲学家求思想自由，神学家是灵魂自由。

04.27 03:34 ： 南怀瑾：处理人事，当“处无为之事、行不言之教”，是为上智。

04.28 03:27 ： 生命是一次次的聚散离合。

04.30 01:07 ： 总有一片温柔的静谧，能让身心安定。

5
月

05.01 00:07 ： 或许，有爱绵延的地方，才叫尘世。

05.03 00:43 ： 初夏的夜晚，在维多利亚港，深情地凝望。

05.04 00:27 ： 人在旅途，陪你一生的人很少。世上，真的对你好的人，一辈子也遇不到几个。水深而无声，情真而无语。无声无息的陪伴，值得用一生去善待，去感恩。

05.05 00:32 ： 贵族精神的三大支柱：文化教养，社会担当，自由灵魂。

05.06 01:38 ： 心安即是归处。

05.07 02:18 ： 怒气是一种低贱的品质。

05.08 02:11 ：《金刚经》云："一切有为法，如梦幻泡影，如露亦如电，应作如是观。"世间所有盛宴都有离别，所有品过的茶都会喝到人走茶凉，而尝过的世情冷暖，读过的人间沧桑，看过的琳琅风景，都会与我们渐行渐远。所以，对于当下，一切是美好的缘分。

05.09 01:43 ： 拍拍老家祠堂门口石阶上面沉积的灰尘，感叹孩童时纯真美好的时光……

05.10 01:21 ： 寂天菩萨：在念头与念头之间，那里就有佛。

05.11 01:22 ： 多识活佛：任世间繁华，我静坐沉寂。

05.12 03:49 ： 对于生活，追求朴素，一切从简。

05.13 03:59 ： 拜伦：愿你灵魂柔顺，却永不妥协！

05.14 11:35 ： 南无本师释迦牟尼佛！南无阿弥陀佛！

05.15 03:58 ： 月色朦胧，将尘世喧嚣冲泡成手中的一杯茶，任汤色淡去，慢慢读懂茶的品格与韵味。在纷呈世相中不迷失荒径，端坐磐石，陶醉茶意。

05.16 02:12 ： 苏轼，用一生把别人的苟且活成自己的潇洒。

05.17 01:26 ： 贫穷时求财富，孤寂时求爱情。痛苦伴随欢乐，健康与疾病并行。有朝阳，就有夕阳；天上有月圆，人间有月半。聚散离合，忧患得失，一念间。

05.18 03:14 ： 尘世的烦恼有时需要人们去与神接近，感受一丝安慰。

05.20 03:25 ： 你怎么待人，并不代表别人怎么待你，如果看不透这一点，只会徒增烦恼。

05.21 04:01 ： 亲人只有一次的缘分，好好珍惜，下辈子，无论爱与不爱，都很难再见。

05.22 09:38 ： 自律、耐心、冷静、独慎。

05.23 03:28 ： 思想可以用钱去砸。但是，思想不是用钱可以砸出来的。

05.24 02:19 ： 昂山素季：我们无需立刻看到遥远的尽头，我们只需看到可以抵达那里的路就好了。

05.25 09:10 ： 证严上人：我没有多余的时间去回顾过往，也无暇懂得未来。只是很尽心地掌握现在，谨慎地处理此时此刻。

05.26 04:10 ： 不能任性随意发脾气，谁都不欠你的。

05.27 01:47 ： 人们从历史中学到的唯一教训就是，人们从不吸取历史教训。

05.28 01:59 ： 人活的就是心境。人生的许多变数，取决于天、地、人三才的运转变化，人生的大事只能尽人事以听天命。为小事不应常介怀，为大事不能常悲戚。然而，世事如棋局局新。

05.29 01:46 ： 英国政治家本杰明·迪斯雷利：没有永远的友谊，只有永远的利益。

05.30 02:44 ： 目前看来，今天最重要的经济竞赛已经不在于国家或公司之间，而在于你和你自己的想象力之间。

05.31 02:38 ： 总有一些感情，我们只能体会，默默地守护着，最后，选择离开。轮回的路上，选择与命运相连，放弃与生活相关。人生，就是于选择中走向新的境地，于放弃间得到解脱自在，然后，无论怎样，也要继续前行，千年不灭。

6 月

06.01 02:13 ： 科比·布莱恩特：我希望回头看我走过的路，每一天，我都付出了我的全部。

06.03 02:11 ： 比尔·盖茨：我们要像大人一样工作，但是要像孩子一样生活！

06.03 02:14 ： 人的幸福与人的优秀没有直接的关系，告诉孩子，并不是只有比别人优秀才会更幸福。

06.04 02:52 ： 骨头虽然坚硬，但一定得用皮肉包裹。深刻的思想精髓，必定在文字的深处。

06.05 01:17 ： 小胜靠智，大胜靠德。

06.06 00:57 ： 涵养，使人严肃而不孤僻、稳重而不呆板。

学识，使人沉着而不寡言、和气而不盲从。

06.07 01:21 ： 下跪，磕头，站立，鞠躬，已经不再常见，但当它出现的时候，一定比握手高贵。

06.08 01:08 ： 在同一个时间内，混读着西方的心理学、哲学和灵修类的东方文化、艺术书籍，会引发很多深层的思考和神游。会找到断裂的更趋于本意的，超脱的文明，是一种非常深邃美妙的精神理想之旅。

06.09 01:11 ： 人对外界的感知都是凭记忆通过意识加工后的结果，包括眼耳鼻舌身意得到的感觉，都是外部世界的信息被意识加工而成的结果。

06.10 01:21 ： 就万物的“假有”去把握本性的“空无”，本性的“空无”也直接体现在万物的“假有”中，万物本性空无假有，般若性空。执着于事物的“空无”而不见“假有”的意识，是邪说；而那种视万物为实有而不见“空无”的意识，则是世俗之见。

06.11 01:20 ： 深到骨子里的教养，是尊重自己所爱的人。

06.12 01:39 ： 姜子牙：故道在不可见，事在不可闻，胜在不可知。鸷鸟将击，卑飞敛翼；猛兽将搏，弭耳俯伏；圣人将动，必有愚色。

06.13 02:53 ：《人类简史》：为了适应不稳定的生存环境，当时的人类必须拥有非常全面的生存能力和知识，才能够随机应变地躲避危险，获得食物。为此，他们在成长过程中，需要通过全面的训练获得独当一面的生存技能。

06.14 01:49 ： 一切就像是永无止境的追逐，财富成为唯一的尺度，所有人都深陷其中，并为此奔命，无惧道德与伦理。

06.14 02:19 ： "生命"质量将取代"生存"质量，成为人类第一追求。

06.15 03:10 ： 人只有在自主和自我驱动的状态下，才能拥有最大的创造力。

06.17 03:01 ：《孟子》：人有不为也，而后可以有为。

06.18 02:34 ： 魄力，沉睡的人体内，它一旦被唤醒，会做出许多神奇的事情来。

06.19 02:32 ： 守时，代表对约定的重视，对时间的珍视，对约定时间所要做的事情的重视，是职业道德的基本要求，是文明的表现，也是对自己信誉负责的表现。

06.20 02:04 ： 最尊贵的生命是按照自己喜欢的方式去度过一生。

06.21 03:57 ： 目标、方法、勤奋、福气，世间成事的四大因素。

06.22 03:50 ： 谦谦君子，虚怀若谷。

06.23 02:57 ： 创造力将成为人的基本素养。

06.25 03:05 ： 让自己最真实的心，寻求灵魂上的契合。

06.26 01:30 ： 不满足单一职业和身份的束缚，努力让自己活得更加多元和精彩，也许是一种新的生活方式。

06.27 01:54 ： 爱因斯坦：所谓人类疯狂就是一直不停重

复地做着同样的事情，却期待产生不同的结果。

06.28 01:48 ： “目标”一定要切实可行，否则会起副作用。

06.29 02:18 ： 合理更是合乎理想的理。

06.30 09:09 ： 做事三个层次：工作、事业、使命。

7
月

07.01 02:47 ： 胡适：一个肮脏的国家，如果人人讲规则而不是谈道德，最终会变成一个有人味儿的正常国家，道德自然会逐渐回归；一个干净的国家，如果人人都不讲规则却大谈道德，谈高尚，天天没事儿就谈道德规范，人人大公无私，最终这个国家会堕落成为一个伪君子遍布的肮脏国家。

07.02 02:37 ： 公司制度，既要防止经理人的败德主义，又要防止主要股东的机会主义。这才是规则的两面。

07.03 01:35 ： 约翰·洛克：上帝赐予人类共有的自然资源，而这些资源，必定要通过这样或那样的某种方式来使其归私，然后才能对任何特定的人有用或有好处。

07.04 02:04 ： 不能用兄弟情义求共同利益，要用共同利益求兄弟情义。

07.05 01:42 ： 人生在世，注定要受许多委屈。而一个人越是成功，他所遭受的委屈也越多。

07.06 03:41 ： 当下很多所谓的互联网+，或什么创新模式，其实就是硅谷模式。实际上就是一个烧钱模式、一个补贴模式，是通过资金的巨大供应来与同行竞争，这是一种误入歧途的方法，一旦资金链断裂，企业就没有价值了。

07.07 02:08 ： 孤独与无助，是创业者与生俱来的。

07.08 02:41 ： 静，是平常心，是气质，是气度，是境界。守静，就是守本心、守清朴、守气节、守志趣。

07.09 05:39 ： 真正关爱，源于某种道德良知。“不妄没于势力，不诱惑于事态，心有长城，能挡狂澜万丈。”

07.10 01:42 ： 若无众生，诸神会变成寂寞的众生。

07.11 01:27 ： 曾国藩：利可共而不可独，谋可寡而不可众。

07.12 02:17 ： 明海法师：永远都是自己的错。

07.13 02:37 ： 自律，自尊，自信。

07.14 02:44 ： 到苏轼《定风波》中“回首向来萧瑟处，归去，也无风雨也无晴”的淡然境界。

07.15 03:21 ： 人变得幽默，心就变得通透。

07.16 02:00 ： 吴晓波：百年的积弱和贫困，使我们投奔在激情的创富年代，一切的一切以财富为标杆。把智能、快乐与价值都量化了，使伦理、道德成为一种奢侈品，而且会无限度地随时随地被轻易击穿底线。（大意）

07.18 04:50 ： 洛克认为，劳动的过程塑造了身体和心智的力，使“我”获得了“我的”品质与德性。这种获得，与直接占有意义上的“我的东西”不同，它是包含了我的德与力的作品。因此，劳动是价值的真正创造者。因为劳动的作品凝结了“我的力”，是自我的真正扩展和延伸，所以我们会珍视自己的作品。

07.19 11:15 ： 心律法师：“因上努力，果上随缘。”也就是说，在我们可以把握的部分尽力而为，至于最终结果如何，就顺其自然而不是一味强求。倘能做到这一点，就不会构成什么压力了。任何一件事的成败都是相对的，是可以转化的。如果因为这种暂时得失造成压力，不仅于事无补，还会因此带来更多的负面作用。

07.20 02:24 ： 新时代来临，整个社会将重新燃起对知识的渴望和崇拜。

07.30 09:34 ：《访禅四情怀》：莲塘花开，村口炊烟起，出行荷笠赶斜阳。白云舒卷，天边皎月来，一树清风洗尘凉。水寒夜静，无心忍辱时，只与泉声问絮风。经阁禅坐，万虑凝然忘，神明洞彻妙莲香。

07.30 09:35 ：《访禅青华峰南山禅院遇雨》：天雷滚滚，群黛沉沉，一片蓝云掠虚匆。犬雀嘶嘶，暴雨咆咆，一束白光射岩松。南山翠翠，蔚蓝涵涵，一道彩虹冠阁中。黄花漫漫，白石淡淡，一念空时万境空。

07.30 09:36 ： 夜雨潇潇天没没，钟声杳杳地寒寒。斋罢垂垂人寂寂，松林苍苍水潺潺。

07.30 09:37 ： 一榻萧然傍千峰，穷林沉暗半夜钟。疏烟泛寥追落月，手卷白云进茅棚。

07.30 09:37 ： 千峰顶上卧佛寺，青灯一点映窗纱。佛经好做吉祥梦，心地清时莲台花。

07.30 09:37 ：《雨后斜阳》：雨后草青斜阳，山澹横烟野渡。窗前翠竹半院，茶醉心香一炷。

07.30 09:37 ：《山深小寺》：山深藏小寺，炉暖挽云霞。棚简花草在，禅香两盏茶。

07.30 09:38 ： 百鸟归巢送斜阳，暮归薪火处处炊。夜深独坐高崖上，花寂水月满庭辉。古寺孤灯素明台，言诵佛莲上云堆。

07.30 09:38 ： 泉水清涟树老苍，行穿松树踏斜阳。云深树密仙人处，惟有白松奉天香。

07.30 09:39 ： 崖上黄花开，岩中泉水来。方才初见汝，刹那雨倾台。

07.30 09:39 ： 碧宇过白龙，佛光驻净灵。地龙双护体，教我如何定。

07.30 09:39 ： 悬崖泉水清，南岭月华白。古寺孤灯暗，众星罗列皑。默知佛心在，寂静观空台。谁在莲花梦，青天若心怀。

07.30 09:41 ： 山深树密一茅野，松晚泉边见禅僧。真语静闻皆空处，禅生寂寞青霄峰。

07.30 09:41 ： 空门寂寂，溪雨微微。禅心卧云白，情未了。云随风雨去，任他百鸟闹晨晓。

07.30 09:41 ： 禅心如朗月，皎夜正清菲。晓径柴门外，晨钟唤我归。

07.30 11:14 ： 白日碧空无垠，夜黑风雷激滚。有千章云木在，如临崖上观海。

07.30 11:15 ： 烟云溪水养竹心，松下祖师训诲亲。茅下蓑衣尘器远，草扉斋后从容今。

07.30 11:17 ： 佛光照天地，圣迹破心迷。仙友透禅机，娑婆慈悲及。

07.30 11:17 ： 穿篱入境幽，老柏高松游。花落花开事，清溪碧谷流。白云无遗迹，静坐心澄休。诵我华严咒，便是智慧由。

07.30 11:18 ： 清夜赏竹真，孤松见精神。云崖灯一盏，矮草檐一根。

07.30 11:19 ： 处处皆新路，时时有归期。本来无大事，何必预思谋。

07.30 11:19 ： 行云流水，清风岩上斋。巧遇孤僧，般若满空来。

07.31 05:46 ： 忆起童年贫难家，衣缺淡夜漏屋孤。难得一片当时事，只欠饱暖不欠书。过海跨洋来去久，香江冰寒尽屠苏。他乡不是悲愁客，吾旅风雨不为殊。

8
月

08.01 03:04 ：“静坐观心，真妄毕现”。夜深人静时，独坐观心，自我反省，得到大机趣，得到大惭愧。

08.02 02:41 ：加措活佛：人生中出现的一切，都无法占有，只能经历，我们只是时间的过客而已。

08.03 01:05 ：随和，需要良好的自身修养与高瞻远瞩的智慧。

08.04 01:51 ：马克思：资产阶级除非对生产工具，从而对生产关系，从而对全部社会关系不断地进行革命，否则就不能生存下去。

08.05 01:25 ：能在利益面前依然保持平和理智的内心的人，值得交往。

08.06 09:30 ： 面对艰难与挫折，需要改变的，不是身边的环境，是我们的心态与想法。

08.07 00:15 ： 人生如棋。走，出活棋；不走，是死棋。

08.08 00:05 ： 张维迎：人类追求幸福，我总结就两种方式，一种你要自己幸福，你首先要让别人幸福；另一个方式，你通过使别人不幸福而自己变幸福。我们把前一种方式就定义为市场的逻辑，后一种方式就是强盗的逻辑。

08.09 00:59 ： 可以自我，别太自我，活着，就尽情享受当下的妥帖、愉悦与安详。

08.10 02:56 ： 心有灵犀无须多言。与你有相近的人生观、世界观、价值观的朋友交往，倍觉轻松，即使产生矛盾也轻易化解。

08.11 02:32 ： 老子：见素抱朴，少私寡欲。

08.12 02:33 ： 莎士比亚：在命运的颠沛中，最容易看出一个人的气节。

08.13 01:55 ： 科学的信仰取代了对知识的信仰，现代很多信仰是从信仰的文明转向证据的文明。

08.14 03:02 ： 心灵修持是先苦后甜，世俗事物是先甘后苦。

08.15 00:47 ： 以娱乐的方式登场，必然以荒唐的形式下场。

08.16 00:51 ： 艺术当与权力与财富不邂逅，是软弱的。

08.17 00:27 ： 加措活佛：以宽恕之心向后看，以希望之心向前看，以同情之心向下看，以感激之心向上看。

08.18 00:12 ： 社会不是一个抽象概念，而是由每一个利益相关者组成。

08.19 02:28 ： 现在目睹很多荒唐的事，大部分是因为个人智慧和道德的缺席所带来的缺憾。

08.20 04:08 ： 别了花样的年华，除了逝去的激情，挥手伪装的坚强，挥手忧伤的段落。一份安静的遐思，找到了灵魂深处最珍贵的储藏。

08.21 02:41 ： 一个国家的安全最终都取决于这个国家是否在科学领域处于世界的前沿。

08.22 03:43 ： 西奥然："智慧的痛苦"，经历"严厉的苦行"。

08.23 02:37 ： 特斯拉：如果你想找到宇宙的奥秘，从能量、频率和振动的方面上来做思考。

08.24 02:30 ： 比衣服更重要的是穿衣服的人。

08.25 01:48 ： 世界十大思维的人生借用方略：二十岁用司马光思维+拿破仑思维，三十岁用哥伦布思维+亚历山大思维，四十岁用孙子思维+拉哥尼亚思维，五十岁用洛克菲勒思维+奥卡姆思维，六十岁用费米思维+上帝思维。

08.26 02:52 ： 海德格尔：理性唯有经常以沉默的形式来讲话。

08.27 02:52 ： 亨廷顿：冷战终结的21世纪，是一个文明冲突的时代，全球战场的轴心将从政治意识形态转向轴心文明的竞争，首当其冲的，将是基督教与伊斯兰这对老冤家永恒的战争。

08.28 01:34 ： 一个人太强势，不管出发点是不是好的，定会很多人受到伤害。

08.29 02:09 ： 很多区域的动荡，主要是区域内部的“无产者”与外来的“无产者”相互仇视。

08.30 03:06 ： 海德格尔：一朵花的美丽在于它曾经凋谢过。

08.31 04:07 ： 世俗化是一个众神喧哗的时代，各种宗教多元并存。人们可以在私人领域选择自己的信仰，并按照其宗教戒律而生活，但在社会与政治公共领域，遵从的是世俗化的公共理性和法律道德，宪法取代了神祇成为国家公共生活的最高意志。

9
月

09.01 02:53 ： 年少时，你周围的人会根据你父母的收入与地位对待你；成年后，你周围的人会根据你的收入与地位对待你的父母和你的孩子！这是人性和人生，是生活与生存，也是世俗与世界。

09.02 03:54 ： 重要的不是对事物的拥有，而是对事物的使用。

09.03 02:47 ： 与过去和解，放下荣辱与记忆，放轻脚步，走向未来，迈向未知。

09.04 03:39 ： 服装以时尚为魂，时尚以艺术为魂，艺术以文化为魂，文化最终则以信仰及其灵感为魂。

09.05 01:31 ： 不要活得太忧郁，也不要活得太无聊。而是以安静的灵魂对待生活与人生，淡泊明志是一种很高的境界与情怀。

09.06 10:12 ： 中国文化，博大精深，绝不是一个“儒”字所能概括。中国典籍，经史子集，也绝不是一个“经”字所能概括。

09.07 02:36 ： 新闻世界，不是真实世界，而是控制真实世界的各利益集团各社会阶级博弈与斗争的反应与呈现，具有倾向性与动机性。

09.08 00:52 ： 柏拉图：理性是灵魂中最高贵的因素。

09.09 04:38 ：《黄帝内经》：善言天者，必有验于人；善言古者，必有何于今；善言人者，必有厌于己。

09.10 01:12 ： 做人、做事，重要的不是快慢，而是持久力。

09.11 01:42 ： 济群法师：许多生命都是一堆错误观念和混乱情绪的组合，如果没有接受智慧文化的教育，不能主动选择生命的发展，听从自己的感觉，自以为是，人生的悲剧将会不断地重演。

09.12 02:20 ： 想成为大树，就不要和草去比，同时要尊重一切事物的天性。

09.13 02:38 ： 为淡泊的生活感到痛苦难熬的人，往往会以更大的痛苦为代价重新认识淡泊。

09.14 01:33 ：《剑桥伊斯兰世界史》：全球穆斯林曾有过一段辉煌的过去，“在 8 至 18 世纪的这段时间，从势力范围和创造力来看，伊斯兰文明都是全球的主导文明”。

09.15 02:07 ： 未来，那种在固定时间把人集中在固定场所的传统工作方式可能逐渐被松散的、合作式的方式所取代。

09.16 01:11 ：《沁园春 · 丙申中秋赏月》：天地清辉，玉穹盈光，云霓虹舞，阅万里秋空。暑退九霄，清澄万景，星辰环楚，清川彩岭，风露晶英，人间天上皆欢谷。上金台，一壶明月酒，蟾宫桂斧，邀神醉赴银河，扶醉影忘尽愁与苦。恰苍穹染香，清诗千首，玉液如川。芳尊琼乳，天乐雅曲，瑶台高畅，绝景良时跨皓野。今夜月，乘风看婆娑，风流尽数。

09.17 01:52 ： 在一杯茶面前，世界安静了下来，喧嚣、浮华如潮水般退去，解茶之旷达随心，释茶之圆融自在，乃至真至拙至天然。

09.18 00:44 ： 真正的独一无二，在看不见的地方。

09.19 02:07 ： 在困难的时刻，应坦诚面对现实，去承担起责任和挑战。

09.20 02:45 ： 破坏安谧的生活，总是先从破坏淡泊的心境开始的。

09.21 02:49 ： 任何可以被数字复制的东西都可能免费，然而，无法复制的东西都会特别有价值。

09.22 01:41 ： 这个时代最重要的投资应该是“自我投资”，因为只要你拥有扎实的知识功底、才华或者技能，就可以拥有多重职业和身份，过上自主的、多元化和有趣的，又能经济独立的生活。

09.23 01:53 ： 环视世界的西方，在左翼社会主义运动式微的今天，右翼保守主义破门而出，对自由民主体制发出了尖锐的挑战。

09.24 02:04 ： 在全球化的背景下，传统行业上年纪的工人阶级，已沦落为当今社会新的贫民。

09.25 01:15 ： 执着，就会患得患失，烦恼也接踵而至。当你看淡得失、无谓成败的时候，反倒顺风顺水、遇难成祥。

09.26 06:21 ： 在一壶茶里，每一片茶叶都不重要，因为少了一片，仍然是一壶茶。但是，每一片茶叶都非常的重要，因为每一滴水的芬芳，都有每一片茶叶的本质。

09.27 00:48 ： 当你明白你的敌人是你自己，你就不会把所有的时间用来埋怨他人或改造他人。

09.28 01:53 ： 深度思考。

09.29 01:55 ： 假如没有爱的经历，人生就不会在蜕变中变得安静而成熟。感恩发生过的一切。

09.30 01:57 ： 学会接受失败，否则你永远不会成长。

10
月

10.02 01:56 ： 人生要幸福安详，内心要柔和。内心不柔和，生命总是处在惶恐和动荡之中。

10.03 00:34 ： 一个人立于社会，并非是孤立的。在他的周围有各种各样的关系。这些关系构成了一个人的社会资源。同时，每人都在编织着属于自己的网络与梦想。

10.04 00:52 ： 孔子：君子和而不同，小人同而不和。

10.05 00:13 ： 美食的终极目标是健康，不是显耀，更不应浪费。

10.06 02:00 ： 有很多事情是一种纯粹的偶然。

10.07 04:46 ： 叔本华：拙劣的作者以公众的愚蠢来谋生。

10.08 01:13 ： 名气应是一种修养。

10.09 02:09 ： 重情感的人艰辛多。

10.10 00:46 ： 咏给明就仁波切：在佛教传统中，修行人不太会跟他人谈论自己的体验和了悟，主要是因为为这样容易增长我慢，而且也可能导致滥用这些体验，以获取世间权力或用来影响他人，这对自己和他人都会造成伤害。

10.11 02:23 ： 不可以和荣达的小人攀附交情。

10.12 02:12 ： 花旗集团主席查尔斯·普林斯说：当音乐停下时，有关流动性的各种神话肯定会非常麻烦。不过只要音乐还在继续，你就必须起来跳舞，舞会还没有结束。

10.13 01:51 ： 善良比聪明重要，智慧比仁慈重要。

10.14 02:54 ： 互联网的革命与技术正在影响着政治，人工智能和生物技术不仅革新着各国的社会和经济，而且正在革新我们的身体和心灵。

10.15 02:23 ： 马云：没钱时候骗别人，有钱时候被别人骗。

10.16 04:53 ： 当谈起过去的成就时，应知道人们更关心的是他们对未来的期望。

10.17 00:52 ： 事物朴实无华才能得以保存。

10.18 01:40 ： 特蕾莎修女：即使你是友善的，人们可能还是会说你自私和动机不良，不管怎样，你还是要友善。

10.19 02:54 ： 如果我们懂，别人不懂，我们可以笑话一下别人，如果人人都不懂，就只好装不懂了，否则就会被别人笑话了。

10.20 02:55 ： 我正确，你错误 ——这是内在的虚幻。

10.21 01:55 ： 霍金：人类大部分的历史都是愚蠢的历史。

10.22 02:15 ： 精英放弃责任，民众放弃美德，社会就会沉沦。

10.23 02:26 ： 曾国藩：人之气质，由于天生，本难改变，惟读书则可以变其气质。

10.24 02:58 ： 高贵，是不苟且，不出卖灵魂。

10.25 03:11 ： 饱览群书、阅人间百态，你会明白，生活有多种方式、很多可能。无论境遇如何，都应泰然面对，全部认领。

10.26 01:39 ： 人生如茶，空杯以对，禅悟真空妙有，尝试放空自己，体会自在。

10.27 02:49 ：《止学·智卷》：智极则愚也，圣人不患智寡，患德有失焉。

10.28 03:02 ： 宗萨钦哲仁波切：修行最终你要面对的，还是自己心里的那些阴暗面和负面的性格特质。因为这些，是你无论逃避或压抑多久，都必须要解决的。否则，你就难以成为一个彻底的修行者，一个彻底解脱的人。

10.29 03:26 ： 任正非：鸡血沸腾一定是犯错误的前兆。

10.30 04:00 ： 很多时候事情其实都是由某种权力所主导。

10.31 01:54 ： 勇敢的人都不多言。

1985 年，欧洲第一场秀谢幕

张肇达

MARK CHEUNG

字　伯世

时尚艺术家、画家

服装设计师、武术家、禅修者

1963 年 9 月 19 日生于中国广东省中山市沙溪镇厚山村，信仰佛教，崇尚儒、道、禅。自幼随祖父张金广先生习武，随伯父张国雄先生学水彩，随黄霞川先生学书法水墨。少年时随谭雪生先生、徐坚白先生学油画。青年时期随古室俊宏先生习空手道，随 MALCAN HTARR 先生、ALYCE 先生、HERL BERT 先生、TOMAS WONG 先生学服装设计，是丁绍光先生入室弟子。再后，从 TONY 先生研习雕塑，从李四龙先生研习哲学，从王志远先生研习宗教艺术，从薛永年先生研习美术史论与鉴赏。

现任亚洲时尚联合会主席团主席、中国服装设计师协会副主席、国际中国美术家协会副主席、国际武术家协会副理事长（空手道五段）、北京大学文化研究与发展中心研究员、清华大学美术学院兼职教授、《服装设计师》杂志主编，第一届（1997）、第九届（2005）中国时装设计最高荣誉“金顶奖”获奖者。

（京）新登字 083 号

图书在版编目（CIP）数据

睡前静思 / 张肇达著．—北京：中国青年出版社，2016.12

ISBN 978-7-5153-4566-6

Ⅰ．①睡… Ⅱ．①张… Ⅲ．①随笔—作品集—中国—当代 Ⅳ．①I267.1

中国版本图书馆 CIP 数据核字（2016）第 269785 号

睡前静思

作　　者：张肇达　　　　责任编辑：彭慧芝　刘　莹
统　　筹：李钊平　　　　书籍设计：白凤鹍
策　　划：穆周行　文　迪

出版发行：中国青年出版社
社　　址：北京东四十二条 21 号
邮　　编：100708
编辑中心：010-57350371
营销中心：010-57350370
网　　址：www.cyp.com.cn
印　　装：北京雅昌艺术印刷有限公司
经　　销：新华书店
规　　格：889 × 1194 mm　1/32
印　　张：12.75
字　　数：180 千
版　　次：2016 年 12 月北京第 1 版
印　　次：2016 年 12 月北京第 1 次印刷
印　　数：5000 册
定　　价：80.00 元

一一。些微，亲历，亦成史。

——————

穆周行